KB002689

운경 현대 판타지 장편소설
WISHBOOKS MODERN FANTASY STORY

천마사냥꾼 3

운경 현대 판타지 장편소설

초판 1쇄 찍은 날 | 2017년 9월 19일
초판 1쇄 펴낸 날 | 2017년 9월 26일

지은이 | 운경
펴낸이 | 예경원

기획 | 위시북스
편집책임 | 이규재
편집 | 이즈플러스

펴낸곳 | 예원북스
등록번호 | 제396-2012-000132호
등록일자 | 2012. 7. 25
KFN | 제1-152호

주소 | 경기도 고양시 일산동구 호수로 646-24 위너스21 II 빌딩 206A호 (우)10401
전화 | 031-819-9431 팩스 | 031-817-9432
E-mail | yewonbooks@naver.com

ⓒ운경, 2017

ISBN 979-11-6098-460-6 04810
       979-11-6098-441-5 (set)

천마사냥꾼

운경 현대 판타지 장편소설

WISHBOOKS MODERN FANTASY STORY

3

Wish
Books

천마사냥꾼

CONTENTS

제10장
검기 발현(1)

1

헨리에타 일행은 병원에서 눈을 떴다.

순찰 중이던 경비병이 널브러져 있는 그들을 발견했다고 했다. 그들이 발견된 위치는 일반 구역과 하층민 구역 간의 경계 지점. 신원이 확인되자마자 병원으로 곧장 옮겨졌다는 게 의사의 설명이었다.

"누군가 우리를 그곳까지 옮겨놓은 게 분명하다. 우리와 그린베레 길드 말고도 제3의 헌터가 그곳에 있었던 것이다."

"명탐정 나셨네. 이참에 아예 탐정 사무소라도 하나 차리시지 그래?"

빈정거리는 밀리아의 반응에 그렉이 미간을 구겼다.

"깨어나자마자 시비군."

"조금만 생각해 보면 뻔히 알 수 있는 일을 대단한 발견이라는 양 지껄이는 모습이 한심해서 그런다. 왜?"

"……."

일행은 하루가 채 지나기 전에 부상을 털고 일어났다.

그들은 곧장 전철역으로 향했다. 체액으로 얼룩진 통로, 브레인 이터 무리의 습격을 받았던 장소가 그 모습 그대로 일행을 맞이했다.

마스터 브레인의 사체 또한 그곳에 남아 있었다. 문자 그대로 걸레짝이 된 채.

"산산조각이 나버렸군요."

"배 속에서 고폭탄이라도 터진 것 같은 모습인걸."

아티샤와 밀리아가 한마디씩 던졌다.

그렉은 아예 수술용 장갑을 낀 손으로 마스터 브레인의 사체를 들추기 시작했다.

"비위도 좋네. 그런 걸 만질 생각도 하고."

"의사 출신이잖아요."

두 여인의 말을 들은 체 만 체하던 그렉이 짧은 수색을 마치고서 장갑을 벗어 던졌다.

"코어가 없다. 그자가 회수해 간 모양이군."

"그자라니?"

"그자, 혹은 그자들. 어느 쪽이 되었든 간에 말이다."

"그들이겠지."

밀리아가 팔짱을 낀 채 단언했다.

"혼자서 마스터 브레인을 잡을 수 있는 헌터가 애초에 이런 곳에 올 리가 없잖아?"

"그건 그렇지요."

아티샤 또한 그녀의 말에 동의했다.

"마스터 브레인과 브레인 이터를 솔로잉할 수 있을 실력이라면…… 보다 높은 수익을 올릴 방안이 산더미처럼 쌓여 있을 테니까요."

"그래. 게다가 그런 실력자가 떴다면 도시 전체에 소문이 쫙 퍼졌어야 정상이야. 안 그래, 헨리에타?"

대답이 없었다. 나머지 세 사람의 시선이 그녀에게로 집중됐다. 그녀는 깊은 생각에 잠긴 채 마스터 브레인의 사체를 응시하고 있었다.

"헨리에타?"

"아, 미안."

뒤늦게 반응한 헨리에타가 세 사람을 돌아봤다.

"저기, 부탁 하나만 해도 되겠어?"

"뭔데 그래?"

"이번 일, 우리끼리의 비밀로 하면 안 될까?"

병원 내에 차트가 남아 있긴 하지만 세세히 캐내지 않는 한 밖으로 퍼질 염려는 없었다. 당사자들만 침묵하면 아무 일도 없었던 셈이 되는 것이다.

"그린베레 길드는 어쩌고요?"

"그러니까…… 우리는 조금 전에 여기에 처음 와본 거야. 그리고 길드원들의 시체와 전투의 흔적을 발견한 거지."

"흐음, 아예 그쪽의 지원 요청은 받아들이지 않았고 말이지?"

"응, 뒤늦게 죄책감을 느껴서 이곳에 와보았더니 이미 상황이 정리되어 있었다. 그런 시나리오면 괜찮지 않을까 싶어."

"길드 내에 기록이 남아 있지 않나요?"

"사무원한테 잘 얘기해서 수정하면 돼. 별문제는 없을 거야."

세 사람은 서로를 돌아봤다.

"혹 그래야 하는 이유를 알 수 있을까요?"

아티샤의 질문이었다.

헨리에타는 미리 생각해 둔 대답을 내놓았다.

"알려져 봐야 좋을 게 없잖아. 우리들 모두. 특히나 나는 더하고."

"흐음."

"세 사람 모두 알고 있겠지만, 나는 운 좋게 공대장을 꿰찬 것에 불과해."

"맥빌의 운수가 더럽긴 했지. 그걸 이용한 건 네 능력이지만."

"칭찬으로 받아들일게, 그렉. 어쨌든 나는 낙하산 인사야. 그 때문에라도 초반부터 밉보여선 곤란해."

"흐음."

"파티를 전멸시킬 뻔했다는 게 알려지면 내 평판도 곤두박질칠 거야. 아직 고개 한번 들어보지 못했는데 말이야."

밀리아는 머리카락 끝을 손가락으로 빙빙 꼬았다.

"뭐, 나도 이번 일을 동네방네 소문내고 싶진 않아. 꼴사납게 당해서 뻗어버리기까지 했고."

"그럼……."

"이번 일은 함구할게. 대신 한턱 거하게 쏴. 승진 기념도 겸해서."

"고마워, 밀리아."

잠시 고민하던 아티샤 또한 어깨를 으쓱 추켰다.

"저도 다른 사람에게 떠들고 다니진 않겠어요. 자랑할 만한 일도 아니니까요. 다만 이번 일에 관한 위험수당만큼은 챙겨주셨으면 해요."

"물론이야. 돌아가는 대로 바로 지급할게."

"어? 그러면 나도 위험수당 챙겨줘!"

"부탁이니 술값으로 만족해 줘, 밀리아. 어차피 웬만한 추가 수당보다 네가 마신 술값이 더 많이 나가잖아."

"헤, 그건 그렇지."

밀리아가 빙긋 웃었다.

헨리에타는 마지막으로 그렉을 돌아봤다. 그렉은 안 그래도 우중충한 얼굴을 살짝 찡그렸다.

"대답에 앞서, 네 판단 미스로 우리 모두 죽을 뻔했다는 점을 짚고 넘어가야 할 것 같다. 그런 실수를 저지른 사람에게 계속 공대장을 맡겨도 될지는 조금 의문이로군."

"야! 좀팽이같이 굴지 좀 마! 뭐, 맥빌이었으면 용한 방법이라도 있었을 것 같아?"

"이번 일 자체를 맡지 않았을 테지. 맥빌은 다혈질적인 성격이지만 의심이 많기도 하니."

"그, 그건 그렇지만……."

"당신 말이 맞아. 이번 일은 전적으로 내가 판단을 그르친 결과야."

헨리에타는 깔끔하게 인정했다.

"그러니 다시는 이런 일이 일어나지 않게끔 노력하겠어. 그 외에 무엇을 해야 당신이 만족할 수 있겠어?"

"······뭐, 딱히 보상을 바라는 건 아니다. 말은 이렇게 했지만, 이번 일에 대한 소문이 퍼져 봐야 내 평판에도 좋을 게 없지."

"뭐야, 결국은 받아들일 거면서 튕기긴."

"짚을 건 짚고 넘어가자는 것뿐이다. 너 같은 무뇌아는 이해 못 하겠지만."

"뭐가 어째?"

으르렁거리는 밀리아와 깔끔히 무시하는 그렉. 아티샤가 가운데에서 두 사람을 중재했다.

"그만들 싸우세요. 지금 할 일은 이 불쌍한 분들의 시신부터 수습해 드리는 거잖아요?"

"그래, 아티샤의 말이 맞아."

헨리에타까지 나서자 두 사람도 다툼을 멈췄다. 사실 밀리아 혼자 일방적으로 열을 내는 형국이었지만.

"일단은 사람을 불러 뒷수습부터 해야겠어. 자잘한 건 내가 알아서 할 테니 세 사람은 돌아가서 쉬도록 해."

하트먼 중사를 비롯한 시신들이 그린베레 길드 측에 양도됐다. 서류상 케르베로스 길드는 지원 요청은 거절한 것이 되었기에 착수금을 비롯한 수당은 받지 못하게 되었다.

"부탁을 들어줘서 고마워."

"괜찮습니다. 이런 일을 하라고 월급을 받는 것이니."

사무원은 지극히 사무적인 태도로 대답했다.

"하지만 매번 이럴 수는 없으니, 다음부터는 신중을 기하셨으면 합니다."

"으응, 알겠어."

대강 뒷수습이 끝난 후, 헨리에타는 세 사람의 온라인 계좌로 이번 일의 수당금을 이체했다. 물론 수당금은 일체 그녀의 사비로 해결했다. 섭섭한 마음이 들지 않을 정도의 액수로. 앞서 술값으로 때우자고 말했던 것과 달리 밀리아에게도 같은 금액을 분명히 전달했다.

'친할수록 돈 계산은 확실해야 하니까.'

세 사람 모두 이번 일로 목숨을 잃을 뻔했다. 예기치 못한 불운이 찾아왔다고는 하나, 이는 결국 핑계에 불과했다.

'마스터 브레인이 전면에 나설 가능성도 충분히 감안했어야 했어.'

예상하지 못한 행운이 없었다면, 그들 또한 그린베레 길드원들과 같은 꼴이 되었을 터. 이를 생각한다면 위험수당 몇 푼을 지불하는 것쯤은 조금도 아깝지 않았다. 이번 일을 함구해 주는 데 대한 대가이기도 했고.

"좋아, 그다음은……."

숙소 밖으로 나서는 그녀에게 밀리아가 다가왔다.

"나도 같이 가."

"응?"

"이번 의뢰를 중개했던 알선소에 찾아가려는 거잖아. 그러니 같이 가자고."

헨리에타는 난감함에 말을 더듬었다.

"밀리아, 저기 있잖아."

"난동 부리지 않을 테니 걱정 마. 그리고 수당 받은 건 이따가 다시 돌려줄게."

"뭐? 하지만……."

"한턱 쏘는 것만으로도 충분하다니깐? 어쨌든 알선소에나 가 보자고. 일단 의뢰를 중개한 개자식의 턱부터 부숴놔야겠어."

헨리에타는 밀리아에게 붙들리다시피 하여 알선소 골목으로 향했다.

구울 사냥 의뢰를 중개했던 알선소의 문은 잠겨 있었다.

"이렇게 나온단 말이지?"

밀리아는 주저 없이 문을 박차고 들어섰다.

문짝이 반쯤 떨어져 나간 가운데, 책상에 앉아 있던 알선소장이 화들짝 놀랐다.

"으, 으아아!"

넙데데한 얼굴이 퍼렇게 질려 있었다.

밀리아는 킥킥 웃으며 손가락 관절을 뚜둑거렸다.

"뒈질 준비는 되셨겠지?"

"너, 너희들은 또 뭐야!"

"뭐긴 뭐겠어? 탐욕스러운 개자식 하나 때문에 개죽음당할 뻔한 피해자들이지!"

밀리아는 알선소장의 멱살을 틀어쥐었다. 그녀의 두 배는 됨직한 중년의 거구가 어린애처럼 번쩍 들렸다. 밀리아는 알선소장을 그대로 바닥에 패대기친 다음 목을 짓밟았다.

"우악! 이, 이런 미친!"

"어디부터 부숴줄까? 손가락? 눈알? 아니면…….."

그녀의 시선이 알선소장의 하체로 향했다.

"평생 앉아서 볼일 보게 만들어줘?"

"히익!"

알선소장이 바들바들 몸을 떨었다.

그때 헨리에타가 그녀를 옆으로 살짝 밀어냈다.

"밀리아, 잠깐만."

"왜 그래? 지금부터가 진짜 재미있을 텐데."

"몇 가지 확인할 게 좀 있어."

헨리에타는 알선소장을 내려다보았다.

"지금부터 몇 가지 질문을 하겠어. 진실만 말한다면 더 피해를 볼 일은 없을 거야."

알선소장이 뭐라 대꾸하기도 전에 그녀는 허리에서 권총을 뽑아 들이밀었다.

"수작 부리면 그대로 당기겠어. 미리 말해두지만, 댁 하나 죽더라도 우리에겐 충분히 무마할 만한 능력이 있어."

"히익."

"그린베레 길드 말고도 의뢰를 받은 헌터가 있었지?"

"아뇨, 절대 없었습니다! 아무도 없었어요!"

알선소장이 고래고래 소리쳤지만 헨리에타는 눈 하나 깜빡하지 않았다.

"그 남자가 찾아왔었어?"

"남자라고?"

밀리아가 눈매를 좁혔다.

알선소장은 여전히 미친 듯이 고개를 가로젓고 있었다.

"아뇨. 아뇨! 절대로 찾아오지 않았습니다. 아무도 찾아오지 않았어요!"

"뭐야? 이거 완전 미친놈이네?"

반응만 봐도 왔다 간 게 뻔히 보이는데 애써 아니라고 우기고 있었다. 그것도 총구에 머리를 겨냥당한 상태에서.

"우리보다 그 남자가 무섭다는 거겠지."

헨리에타는 권총을 거두어들였다.

밀리아는 미간을 좁힌 채 그녀를 바라봤다.

"헨리에타 너, 뭔가 알고 있다는 눈치인데?"

"대강은."

태연히 대꾸한 헨리에타가 재차 알선소장을 내려다봤다.

"그 남자가 당신한테 한 말이 뭐였는지 알려줄 수 있겠어?"

"……."

알선소장은 필사적으로 침묵했다. 땀을 뻘뻘 흘리면서도 입을 꾹 다물고 있는 게, 누가 봐도 뭔가를 숨기는 모양새였다.

"얼씨구."

하도 어처구니가 없다 보니 밀리아조차 헛웃음만 흘렸다.

헨리에타가 넌지시 물었다.

"그 남자, 1등 시민이었지?"

"절대 아닙니다!"

황급히 대꾸한 알선소장의 얼굴이 창백해졌다.

우스꽝스러운 상황에 밀리아가 킥킥거렸다.

"1등 시민이 아니었다는 거지? 아무도 찾아오지 않았는데 말이야. 진짜 놀고 자빠졌네."

"……."

헨리에타는 몸을 돌렸다.

"가자, 밀리아."

"응? 벌써 끝이야? 이 녀석한테 본때를 보여줘야지!"

"그럴 가치도 없어. 그린베레 측에서 고소할 테니 제국법이 처리해 줄 거야."

문 앞에 선 헨리에타가 알선소장을 돌아봤다.

"기억해 둬. 당신네가 제대로 조사하지도 않고서 아무렇게나 중개한 의뢰 때문에 다른 사람들의 목숨이 위험해진다는 걸."

"······."

"이곳이 문명화된 도시 한복판이라는 데에 감사하도록 해, 개자식아."

알선소를 나선 헨리에타가 지체 없이 걸음을 옮겼다.

밀리아는 어리둥절해하면서도 졸졸 그녀의 뒤를 따랐다.

"헨리에타, 대체 어디로 가는 거야?"

헨리에타는 뒤돌아보지 않은 채 대답했다.

"생명의 은인한테."

2

헨리에타의 대답을 듣고도 밀리아는 아리송한 표정이

었다.

"생명의 은인이라니? 그게 무슨 소리야?"

"그러고 보니 너는 잘 모르겠구나."

그레이트 샌드웜 사냥에 투입됐던 탱커는 기간틱 아머 조종사들뿐. 밀리아를 비롯한 인간 탱커들은 시타델에서 대기해야 했다.

덕분에 그녀는 한동안 잔뜩 뿔이 나 있었다. 유달리 드높은 프라이드를 지닌 만큼 기계 따위에 밀렸다는 사실을 인정할 수 없었던 것이다. 때문에 그 결정을 내린 당사자 맥빌에게 이를 갈고 있었다. 그가 죽어버림으로써 의미 없게 되었지만.

"에스텔 아가씨가 납치당했었다는 얘기는 들었지?"

"응, 여차여차해서 네가 맥빌을 처단했잖아."

그렇게 대꾸한 밀리아가 머리를 긁적였다.

"그러니까, 결국 맥빌이 흑막이었던 거지? 에스텔 납치 계획을 세운."

"……대체 누구한테서 설명을 들은 거야?"

"음, 몰라. 딱히 관심 없어서 대강 들었어. 나한테 중요한 건 맥빌 녀석이 죽었고, 네가 공대장이 되었다는 사실뿐이야."

"고마운 얘기긴 한데, 어쨌든 네가 알고 있는 거랑은 조금 달라."

두 사람이 대화를 나누는 사이 목적지에 당도했다. 주변을 확인한 밀리아의 눈이 휘둥그레졌다.

"여긴 1등 시민 주택지잖아?"

"응, 말했잖아. 1등 시민이면서 헌터인 사람이 그곳에 있었다고."

"그게 말이 돼? 1등 시민쯤 되는 인간이 뭐가 아쉬워서 헌터 노릇을 한담?"

1등 시민의 특권은 일일이 나열하기도 힘들 만큼 다양하다. 애초에 그렇기에 특권이라 불리는 것이고.

의식주 제공은 기본 중의 기본. 그 외의 자잘한 편의 또한 시타델 지방 정부에서 모조리 제공했다.

수만 달러의 거금을 연 3% 이하의 금리로 대출하는 것도 가능하다. 한정적인 초법성까지 부여되어 절도와 같은 경범죄로는 처벌도 받지 않는다. 간단한 일례로, 돈이 필요하면 일단 정부 은행에서 빌리면 그만이다. 그 돈을 민간 은행에 저축하고 받는 이자가 정부 은행에 지불해야 하는 이자보다 많다. 가만히만 있어도 절로 돈이 쌓이는 것이다. 헌터나 용병이 되어 돈을 벌 필요 자체가 없는 것이다.

"뭐, 레저 스포츠의 일종이라고 생각하는 인간들도 없지는 않겠지만."

길드나 공격대의 후원자 중엔 그런 사람이 꽤 많았다.

"그래도 퀴퀴한 지하에서 브레인 이터 사냥을 택하진 않을걸?"

"엄밀히 말하면 구울 사냥이지. 그 남자도 알선소 뚱땡이한테 속았을 테니."

"그럼 더 이상한 거잖아. 1등 시민씩이나 되어서 지저분하기만 한 구울 사냥에 나서다니."

"그 남자는 조금 특이하거든."

헨리에타는 초인종을 눌렀다. 지난번과 달리 숙소는 비어 있지 않았다. 이내 안에서 문을 열고 사람이 나왔던 것이다. 처음 보는 남성이란 게 문제였지만.

"무슨 용무로 찾아오셨소?"

"어……."

헨리에타는 당황하여 좌우를 두리번거렸다. 집을 잘못 찾아왔나 싶었지만 제대로 찾아온 게 맞았다.

"당신, 시타델 정부 요원 아냐?"

밀리아의 지적에 검은 수트의 사내는 선글라스를 추슬렀다. 지방 정부 소속임을 뜻하는 마크가 수트 주머니에 박혀 있었다.

"그렇소만."

"여기, 적시운이라는 1등 시민의 숙소가 아닌가요?"

"맞소."

"그는 지금 어디에 있죠?"

헨리에타의 질문에 정부 요원의 표정이 굳었다.

"오히려 이쪽이 하고 싶은 질문이로군."

"무슨 일이라도 있었나요?"

"조로아스터 님의 명령을 받고 몇 가지 제안을 하러 찾아왔소만 이미 집 안이 텅텅 비어버린 뒤더군."

헨리에타는 문틈으로 고개를 들이밀었다. 차고에 있어야 할 트럭이 감쪽같이 사라진 뒤였다.

"잠깐, 그럼 남의 집에 무단으로 침입했단 소리잖아? 자기네 도시 주민을 상대로 그래도 되는 거야?"

"그는 시타델 지방 정부의 중요 보호 인물이오. 신변에 문제가 생긴 게 아닌가 싶어 확인이 필요했을 뿐이오."

밀리아의 항의를 가볍게 묵살하는 정부 요원.

헨리에타는 지나가는 투로 중얼거렸다.

"보호가 아니라 감시겠죠."

"……그 말은 허투루 넘기기 힘들군."

"어머, 무슨 말씀이시죠? 내가 뭔가 말이라도 했어, 밀리아?"

"아니, 난 아무것도 듣지 못했는데?"

천연덕스레 시치미를 떼는 두 여인.

정부 요원은 무표정한 얼굴로 선글라스를 추슬렀다.

"케르베로스 길드의 제3공격대장인 헨리에타 테일러, 그리고 동일 공격대의 서브 탱커 밀리아 볼튼이로군."

"헤, 우리도 모르는 새에 유명 인사가 된 모양인걸?"

"정부 서버에 있는 자료를 찾아봤겠지. 저 선글라스가 단말기일 거야."

"정답이오, 헨리에타 공대장."

요원의 목소리에 날이 섰다.

"시타델의 손님들께 미리 주의를 드리지. 지방 정부의 일에 간섭하거나 끼어들 생각은 마시오."

"그러죠."

순순히 대답한 헨리에타가 이내 덧붙였다.

"저도 한 말씀 드리자면 집에 사람이 없다고 멋대로 침입하지 않는 것이 나을 거예요. 몰래 숨어들어 가 쿵쿵대는 건 쥐새끼들이나 하는 짓이거든요."

"……."

"그럼 이만."

헨리에타는 태연히 몸을 돌려 자리를 벗어났다. 밀리아가 킥킥 웃으며 뒤를 따랐다.

"한 방 제대로 먹였네. 잘했어, 헨리에타."

"응, 그러니 반격당하기 전에 얼른 튀어야지."

"그나저나 네가 찾던 작자는 아예 집 비우고 나간 모양인데? 급히 내빼야 할 이유라도 있었던 모양이지?"

반응을 바라는 질문이었으나 헨리에타가 침묵한 까닭에 혼잣말이 되어버렸다. 머쓱함 속에서 밀리아는 최대한 자연스레 말을 이었다.

"시타델 정부에 빚이라도 진 걸까?"

"그렇진 않을 거야."

마침내 대답한 헨리에타의 얼굴엔 우울한 빛이 감돌았다.

'대체 어디로 가버린 거지?'

"흠."

적시운은 허리에 손을 얹었다.

새 아지트의 허름한 전경이 그를 반겼다. 물론 허름하다 해도 오소독스의 폐건물들에 비할 바는 아니었다. 먼지투성이도 아니고 전기와 수도도 멀쩡히 들어왔으니까.

시타델 측에서 내준 숙소도 나쁘진 않았다. 하지만 마냥 좋다고 만 볼 수도 없었다.

"모든 일엔 대가가 따르는 법이니까."

당장 보이는 혜택에 눈이 멀면 그 이면에 놓인 진실을 놓치게 된다. 가까이 두고 편하게 관찰하겠다는 게 조로아스터의 의도. 결국은 감시하겠다는 뜻이다. 나아가 언제든 자기 마음대로 휘두르겠다는 계산도 깔려 있을 터. 최소한 적시운으로서는 그렇게 느껴졌다.

그래서 이곳, 일반 구역으로 위치를 옮겼다. 월세 2천 달러짜리 단독주택. 본디 창고로 쓰이던 곳을 대강 개조하여 주택화한 곳이었다. 조금 허름하긴 해도 꽤나 넓은 데다 차고까지 구비되어 있었다. 무엇보다 인적이 드문 위치라는 점이 마음에 쏙 들었다.

"사냥터와 거리도 가깝고 말이야."

지난번의 브레인 이터 사냥은 상당히 만족스러웠다. 수입 자체가 짭짤하기도 했지만, 무엇보다 다채로운 실전 경험을 쌓았다는 점이 가장 컸다. 원래 계획대로 구울만 사냥했다면 별반 재미를 보지 못했을 것이다. 수입 면에서도, 수련 면에서도.

인간을 숙주로 한다는 점은 같으나 구울은 결국 움직이는 시체 수준을 벗어나지 못하는 것이다.

반면 브레인 이터는 달랐다. 숙주화된 인간들은 마스터 브레인의 명령에 따라 체계적으로 움직였고, 적시운의 움직임에 즉각적으로 반응했다.

총을 다룰 수 있었다는 점만 봐도 그랬다. 정밀 저격까진 불가능하다지만, 사실 구울이었다면 방아쇠를 당기는 법도 몰랐을 것이다.

숙주화된 사냥개들, 기습 작전을 펼치는 브레인 이터들의 다채로운 움직임도 큰 경험이 됐다.

그런 가운데에서 오로지 육체만으로 싸워 이겼다는 점. 이것이야말로 이번 사냥의 가장 큰 성과이자 깨달음이었다.

그다음은 역시 금전적인 수입. 일단 기본 성과비로 받은 것이 1만 5천 엠파이어 달러였다.

본래 의뢰인 구울 사냥은 2천 달러짜리 잡역. 하지만 실제로 사냥한 것은 브레인 이터 및 마스터 브레인이었고, 마수 레벨에 맞는 성과급을 받는 것이 당연했다. 더불어 알선소장에게서 추가로 뜯어낸 돈이 2만 달러였다.

"경고도 충분히 해두었으니 다음부턴 수작 부릴 엄두도 못 내겠지."

더 뜯어낼 수도 있긴 했지만 적시운은 무리하지 않기로 했다. 괜히 일을 크게 키우고 싶지 않았기 때문이다.

"벌써부터 얼굴 팔려봐야 좋을 건 없으니."

사실 이미 늦은 감이 있긴 했다. 아마도 1등 시민 헌터에 대한 소문은 어느 정도 퍼졌을 가능성이 컸다.

"대체 신분이 필요하겠어."

가짜 신분. 조로아스터의 감시망을 피하는 동시에 눈에

띄지 않게 활동할 방편이 필요했다.

"얼굴이야 헬멧이나 방독면으로 가리면 되는 거고."

가짜 신분을 만드는 것 자체는 어렵지 않아 보였다. 대강 검색만 해봐도 신분증은 물론, 네트워크 ID까지 위조해 주는 업소가 즐비했다.

"정리가 끝나는 대로 찾아가 봐야겠어."

그 외의 전리품은 시신들로부터 챙긴 몇 정의 총과 300여 발의 탄약 정도. 팔아봐야 푼돈일 테니 그냥 가지고 있기로 했다. 사실 이것들은 결국 용돈벌이 수준일 뿐. 진짜 노다지는 따로 있었다.

"이 녀석."

적시운은 주머니에서 코어를 꺼내 탁자 위에 놓았다.

생김새만 보자면 주먹만 한 크기의 구슬. 반투명한 막 내부에선 희미한 프리즘을 통과한 듯한 다색의 빛이 신비롭게 일렁거렸다.

B랭크 이상, 엘리트 레벨 이상의 마수들에게서 낮은 확률로 얻을 수 있는 것이 바로 이것이었다.

정식 명칭은 '아포칼립틱 코어(Apocalyptic Core)'.

새 시대의 에너지원으로 등극한 물질이었다.

마수들의 습격으로 인해 기존의 유전 및 발전소 등은 사실상 마비됐다. 급격한 자원 부족에 빠지게 된 인류는 필사적으로 대체 에너지를 갈구하게 되는데, 이때 급부상한 것이 바로 코어였다. 인류를 위기로 몰고 간 마수들이 아이러니하게도 인류의 밥줄이 되어버린 셈이다.

보유 에너지량은 천차만별. 마수 등급이 높을수록 코어에 담긴 에너지 또한 많다.

"이것의 경우엔……."

적시운은 마스터 브레인의 코어를 미네르바로 스캔했다.

[엘리트 레벨 아포칼립틱 코어]

[등급: BBB.]

[보유 에너지량: 28,321IP]

"이것만 봐서는 감이 안 잡히는데."

적시운은 지난번과 마찬가지로 근처 시세에 맞춰 가격을 확인해 보았다.

[에메랄드 시타델의 시세 및 동일 물품의 최근 거래가와 대조하여 추정한 값입니다. 최소 25만, 최대 31만 엠파이어 달러. 오차는…….]

"흥정 가능성 및 시세 변동 폭을 감안한 값이라는 거지.

알겠어."

[명령을 인식하지 못했습니다.]

"그래그래."

적시운은 만족한 얼굴로 중얼거렸다.

흥정만 잘한다면 30만 달러 이상. 첫 사냥의 결과물치고는 눈 뒤집힐 정도의 성과였다.

"한화로 치면 억 단위이려나."

사실상 환율이란 게 무의미해진 세상인 만큼 정확한 가치 추량은 불가능했다. 그래도 상당한 거금이란 것만은 분명했다.

"특무부 시절에도 이만큼 벌어본 적이 없는데 말이지."

당연하다면 당연한 얘기. 더블 B랭크 이능력자 홀로 브레인 이터 무리를 사냥한다는 건 불가능한 일이었다. 하물며 마스터 브레인이라면 말할 것도 없는 것. 아마도 10인 이상의 파티를 구성해야 승산이 있었을 것이다. 준비 비용 또한 상당했을 테고. 사냥에 성공한다손 쳐도 10명이서 수익금을 나눠 가진다면……

"개개인에겐 얼마 떨어지는 것도 없다는 거지."

적시운은 낡은 소파에 몸을 기댔다. 닳아빠진 스프링 특유의 보드라운 느낌이 등허리를 감싸왔다. 들뜬 기분은 딱히 없었다. 거금을 거머쥐었다고는 하나 지금으로선 숫자에 불과했던 것이다.

"하지만 조만간 현실이 되겠지."

이제 겨우 첫걸음을 내디딘 셈. 그러나 분명한 진보라고 할 수 있었다.

"이제 시작일 뿐이다."

3

아지트의 정리를 마친 적시운은 밖으로 나섰다. 시타델의 가장 많은 면적을 차지하는 일반인 구역. 적시운의 아지트는 그중에서도 남쪽 구석에 위치했다.

구시가지와도 제법 떨어져 있는 인적 드문 구역. 창고와 폐건물이 즐비한 곳이었다.

"우선은 방범 수단인가."

인적이 드물다 하여 방심할 순 없었다. 오히려 날파리들은 이런 곳에 잘 꼬이게 마련. 그리고 적시운의 아지트는 허름한 겉모습에 비해 돈이 될 만한 것이 잔뜩 구비되어 있는 곳이었다.

더군다나 앞으로 자주 비우게 될 게 뻔한 일. 그런 만큼 적시운으로선 미리미리 방범 대책을 마련해 둘 필요가 있었다.

"가짜 신분도 만들어 둬야 하고."

그리하여 향하게 된 곳은 암흑가. 시타델 경제의 한 축을 당당히 차지하고 있는 뒷골목의 시장이었다.

[암흑가는 암시장과 도박장, 유흥업소 및 상가로 이루어진 구역입니다.]

미네르바의 설명이 이어졌다.

[암시장은 경매장과 장물아비, 밀수품 거래처 등으로 구성됩니다. 일반적인 거래로는 구하기 힘든 물건들이 이곳에서 취급됩니다.]

위조 신분증 역시 그중 하나였다. 미네르바에는 그 외에도 자세한 정보가 저장되어 있었다. 암흑가의 위치 및 구성, 나아가 현 시세에 이르기까지.

위치나 구성과 달리 시세는 지속적으로 변동된다. 그럼에도 데이터가 있다는 것은……

"정부 측에서도 암흑가의 존재를 묵인한다는 뜻이겠지."

현재 미네르바가 제공하는 정보는 북미 제국의 네트워크

에서 다운받은 것. 그 안에 이토록 자세한 정보가 담겨 있다는 건 뻔한 이유였다. 뒷돈을 받는 게 됐든 뭐가 됐든, 암흑가의 존재가 용인되고 있다는 의미였다. 그 안에서 제공되는 서비스 역시.

"존재 자체를 부정한다면 애초에 정보를 담아두지도 않았을 테지."

예컨대 알폰소 협곡의 무허가 촌락들이 그러했다. 존재한다는 정보는 담겨 있으되, 그 숫자나 위치 등은 전혀 표시되어 있지 않았던 것이다.

폭염의 마녀 및 화염의 아이들에 대해서도 알고 있던 미네르바의 정보력을 감안한다면 몰라서 담지 않은 것은 아닐 터였다.

문자 그대로 존재를 인정하지 않기에 담지 않았을 터.

그러나 암흑가는 경우가 달랐다. 합법체로 인정하지는 않으나 그 존재를 부정하지도 않는다. 그렇다면 그 의도는 뻔한 것이었다.

"눈 가리고 아웅 한다는 거지."

결론적으로 위조 신분 역시 어느 정도 용납된다는 뜻. 설령 문제가 생겨도 돈으로 해결 가능한 범위일 터였다.

우뚝.

적시운은 걸음을 멈췄다. 저녁 무렵인데도 주변은 환했다.

어쩌면 일반인 구역의 시가지 이상으로 밝고 화려한 느낌. 뒷골목 특유의 음습함을 기대했던 적시운으로서는 조금 의외였다.

"평범한 유흥가 느낌인데?"

[명령을 인식하지 못했습니다.]

주머니 안의 미네르바가 반응했다. 적시운은 미네르바를 대기 모드로 전환하고는 쓴웃음을 지었다.

'혼잣말을 자꾸 하게 된단 말이지.'

언어를 잊지 않기 위해서, 혹은 외로움을 달래기 위해서.

제법 과묵한 편인 적시운이었으나 최근 들어선 스스로 생각하기에도 말이 많아졌다. 기실 그 대부분은 혼잣말이었고.

'좋지 않은 버릇이야.'

[꼭 그렇지는 않다고 보네만.]

머릿속의 천마가 대꾸했다.

'일장연설이라도 할 생각이라면 집어치워. 난 지금 바쁘니까.'

[본좌는 자네의 무의식을 대변할 뿐이네.]

'어련하시겠어.'

뭐가 됐든 적시운은 무시하기로 하고 주변을 더 둘러봤다.

전체적인 느낌은 앞서 받은 첫인상과 동일했다.

사방에서 화려한 빛을 뿜내는 네온사인들, 문자 그대로 인산인해를 이룬 사람들, 바로 옆에서 하는 소리조차 묻힐 것 같은 와자지껄한 소음.

마음에 들지 않는 곳이었다.

'볼일만 보고 바로 돌아가야겠어.'

적시운은 인파 속으로 걸음을 옮겼다. 그런 적시운의 배후로 몇몇이 다가들었다. 이 근방에서 활개 치는 도둑 무리였다. 그들에게 있어 적시운은 손쉬운 먹잇감이었다. 처음 온 것처럼 이곳저곳을 멍청히 둘러보는 게 딱 호구 자체였던 것이다. 이런 상대에겐 고급스러운 기술도 필요 없었다. 적당히 접근하여 뒷주머니에 손만 넣었다 빼면 끝날 터다.

"……."

"……."

도둑들은 소리 없이 눈빛을 교환했다. 어마어마한 소음 속에선 어차피 말을 나눠봐야 들리지도 않기 일쑤. 조용히 눈빛을 나누는 것이 훨씬 효율적이었다.

가장 실력 좋은 도둑이 적시운의 배후로 다가들었다. 그러나 적시운은 이미 그 자리에 없었다.

"엇?"

도둑이 자기도 모르게 탄성을 뱉었다. 바로 조금 전까지도 눈앞에 있던 녀석이 감쪽같이 사라져 버린 것이다.

다른 도둑들도 망치로 한 대 맞은 표정이 되어 주변을 두리번거렸다. 그들 또한 혹여나 모를 변수에 대비하여 상황을 주시하고 있었던 것이다.

'머저리들.'

적시운은 속으로만 중얼거린 채 걸어 나갔다.

천하보의 제이보, 시우보(時雨步)였다.

제1보인 유엽하가 유연성을 강조한 보법이라면 시우보는 쾌속 항진의 보법이었다. 더불어 1보의 성질 또한 일부분 지니고 있어 미세한 틈새를 치고 나가는 데에 적합했다.

적시운은 시우보를 밟아 인파를 뚫고 나갔다.

갑작스레 스쳐 지나가는 바람에 사람들이 고개를 돌렸지만 아무것도 보지 못했다.

[세상 모든 것은 곧 수련의 대상이 될 수 있지. 좋은 판단일세.]

머릿속의 천마가 적시운을 칭찬했다. 정작 당사자로서는 시큰둥할 따름이었지만.

'다른 사람들과 부대끼는 게 싫어서 펼쳤을 뿐이야. 저런 놈들과 투덕대는 것도 귀찮고.'

[그런가. 어쨌든 처음 펼친 것치고는 꽤나 훌륭한 편이군.]

'이미지 트레이닝을 지속적으로 해왔으니까.'

천마신공에 대한 개념 자체는 적시운의 머릿속에 고스란

히 녹아 있었다. 다만 아직 그 정보를 육체에 체득시키진 못한 상황. 그렇다고 온종일 수련만 하고 있을 수도 없었다. 최소한 지금까진 그럴 만한 상황이 결코 아니었고. 그렇기에 이미지 트레이닝을 지속해 왔다. 기실 명상 시간의 대부분은 여기에 쓰였다고 봐도 좋았다. 꿩 대신 닭이란 생각으로 시작한 것인데, 지금 보니 제법 성과가 있었다. 처음 펼치는 시우보임에도 생각 이상으로 익숙한 느낌이었던 것이다.

'보법이 비교적 단순한 편이라서 그런 걸까.'

[그건 얕은 생각일세. 단순해 보이면서도 가장 복잡한 것이 보법이거든.]

'……그래, 댁이 그렇다면 그런 거겠지.'

[웬일인가? 자네가 본좌의 말을 긍정하고.]

'지금껏 딱히 부정했던 적은 없다고 생각하는데? 당신 잔소리를 귀찮아한 적은 있어도.'

[결국 본좌의 조언들을 인정하긴 한다는 뜻이군.]

'좋을 대로 생각하셔.'

천마와의 대화를 일단락한 적시운은 어느새 번화가의 이면으로 접어들었다.

화려한 앞면과는 정반대인, 우중충하고 무채색에 가까운 노변. 이제야 좀 암흑가답다는 생각이 들었다.

줄지어 세워져 있는 간판 없는 건물들. 인적 또한 비교적 드문 편이었다.

'미네르바에 따르면……'

적시운은 그중 한 건물로 들어섰다. 정보가 정확하다면 위조 신분증을 만들어주는 곳일 터였다.

"놈이 사라졌다고?"

"그렇습니다. 자기 물건을 모조리 챙기고서 머리칼 한 올 남기지 않은 채 숙소를 비워 버렸습니다."

조로아스터의 이마에 깊은 골이 파였다.

"트럭 한 대와 대량의 병기 및 탄약. 놈이 지니고 있던 물건들이다. 그게 하루아침에 송두리째 사라졌는데 흔적 하나 남지 않았다고?"

"정확합니다."

"지금 그 말을 진지하게 들으라고 지껄이는 건 아니겠지?"

"맹세컨대 이 보고에는 일말의 거짓도 없습니다."

시타델 지방 정부 소속 특무요원인 매카시는 선글라스를 추켜올렸다. 뻔뻔하게 보이기까지 하는 태도. 그러나 조로아스터는 그를 꾸짖지 못했다. 냉랭하기 짝이 없는 표면 안에서 부글부글 끓고 있는 노기가 느껴졌기에.

그 또한 조로아스터 이상으로 이 상황에 분노를 느끼고 있었다. 그럴 만도 했다. 매카시는 에메랄드 시타델의 특무요원 중에서도 첫손에 꼽히는 인물로, 빼어난 계산 능력과 냉철한 판단력, 일류 격투술과 싱글 A랭크의 이능력을 지닌 인재였기 때문이다.

그렇기에 황당함이 더 했다. 매카시의 보고대로라면 적시운은 문자 그대로 한순간에 증발해 버린 것이니까. 트럭과 물건들까지 모두 가지고서.

"감시 카메라엔 아무것도 찍히지 않았나? 분명 그 일대에만도 20대 이상이 설치되어 있을 텐데."

"파괴되었습니다, 모조리."

조로아스터는 움찔했다.

"부서졌다고? 전부 다?"

"그렇습니다. 기록을 살펴보니 어제 새벽 1시경에 일괄적으로 파괴됐습니다."

"놈이 부순 건가?"

"그런 것으로 사료됩니다. 덕분에 그가 집을 비운 시점은 알아낸 셈입니다."

"새벽 1시경이란 말이지."

조로아스터는 허탈하게 중얼거렸다.

알았다고 좋아할 것 하나 없는 쓸데없는 정보가 아닌가.

매카시는 재차 선글라스를 추슬렀다. 그럴 때마다 렌즈 하단에 새로운 정보들이 떠올랐다.

"용의주도한 사내더군요. 이동 경로를 노출당하지 않기 위해 동서남북 네 방향의 감시 카메라를 한꺼번에 파괴했습니다."

"한꺼번에?"

"예. 같은 시점에, 정확한 타이밍으로 부쉈습니다."

"염동력."

조로아스터는 뿌득 이를 갈았다.

큼직한 문제를 일으키는 것은 언제나 그놈들, 빌어먹을 이 능력자들이었다.

상관을 물끄러미 바라보던 매카시가 물었다.

"수배령을 내릴까요?"

"말도 안 되는 소리!"

조로아스터의 언성이 높아졌다. 매카시는 조금도 위축되지 않았지만.

"1등 시민에다 라트린 후작이란 배경까지 가지고 있는 놈이야. 고작 감시 카메라 몇 대 부순 거로 수배령을 내릴 순 없어."

"라트린 후작 얘기가 나와서 말입니다만."

"뭐가 더 있나?"

"케르베로스 길드 소속의 여성 두 명이 그자의 숙소를 찾아왔었습니다."

"케르베로스."

새삼스러운 정보는 아니었다. 그들의 관계가 긴밀하다는 것쯤은 이미 알고 있는 사실이니.

"길가를 살펴보긴 했나. 트럭을 옮겼다면 바퀴 자국이 남았어야 정상일 텐데."

"아스팔트 위에 말입니까?"

"자그만 자국이라도 남았을 것 아닌가? 놈은 황무지를 통과해 왔으니 바퀴에 흙이 남아 있을 수도 있고."

"흙이야 세차해서 씻어내면 그만입니다만."

조로아스터는 자신의 관자놀이를 망치로 한 대 후려치고 싶었다.

"……그렇군. 내가 냉정을 잃고 멍청한 소리를 했어."

"한데 그자에게 이렇게까지 집착하시는 이유가 있습니까? BBB랭크의 이능력자를 별것 아니라고 치부할 순 없겠지만, 이렇게까지 예의주시할 만한 수준도 결코 아닌데 말입니다."

"자네에게 한 방 먹인 상대니까. 이 정도면 설명이 되겠나?"

무표정한 매카시의 얼굴에 미세한 파문이 일었다.

"놈에게 한 방 먹은 기억 따위는 없습니다만."

"자네가 정밀 조사를 펼쳐서 흔적 하나 찾아내지 못한 경우는 이번이 처음 아닌가?"

"……."

"일단은 조사를 계속하도록 하게. 놈의 흔적을 조금이라도 발견한다면 곧바로 보고하고."

"알겠습니다."

매카시는 나직하게 대답하고는 방을 나섰다.

스쳐 지나가는 그의 표정에서 약간의 이질감을 느끼긴 했지만, 조로아스터는 내버려 두기로 했다. 적당한 호승심은 수사에 활력을 불어넣어 줄 테니까. 물론 지나친 경우엔 문제가 생길 테지만.

'전문가인 매카시가 이성을 잃거나 하진 않겠지.'

어쨌거나 그는 싱글 A랭크의 이능력자. 그중에서도 화염술사와 더불어 최강의 공격력을 자랑하는 뇌전술사(Electro)였다.

아무리 트리플 B랭크라 해도 A랭크와의 격차는 극명한 것. 놈이 제법 전투 센스가 빼어난 것 같기는 했지만, 특무요원 중 톱클래스인 매카시에 비할 바는 아니었다.

설령 맞붙게 된다 하더라도 매카시가 패배할 확률은 10% 미만. 이는 단순한 감이나 예상이 아닌, 수천 번의 반복 실험을 통해 밝혀진 객관적 수치였다.

"무슨 생각을 하고 있는지는 몰라도…… 네놈은 어차피 내

손바닥 안에 있다."

4

가게의 이름이 적힌 네온사인이 적시운을 맞았다.

'번스타인 바(Bernstein's Bar).'

어둑한 건물 내부로 오래된 재즈 음악이 흐르고 있었다.

드문드문 놓여 있는 테이블에 가지각색의 사람들이 앉아 술을 홀짝이는 중.

그냥 보아선 평범한 바에 지나지 않는 모습이었다.

구식 정장을 입은 늙은 바텐더가 테이블 너머에서 유리잔을 닦고 있었다. 자세히 보니 테이블 위로는 투명한 아크릴판이 설치되어 있었다. 종종 총격전이라도 발생하는 모양인지 곳곳에 거미줄 같은 실금이 존재했다.

바텐더가 자리한 곳에는 손 하나 들락거릴 정도의 구멍이 나 있었다. 그곳으로 술과 안주, 돈이 오가는 모양.

적시운은 바텐더 앞으로 다가갔다.

"무엇을 주문하시겠소?"

"위조 신분증."

적시운의 말에 바텐더는 미친놈 쳐다보듯 적시운을 바라봤다.

"장소를 잘못 찾아오신 것 같소만. 이곳은 평범한 술집이오."

"시타델의 네트워크엔 그렇게 나와 있더군."

제국 네트워크에는 다르게 나와 있지만.

뒷말을 삼킨 적시운이 나직하게 말했다.

"난 이곳이 뭐 하는 곳인지 알고 찾아왔어. 그러니 시간낭비가 될 만한 절차는 생략했으면 하는데."

"대체 무슨 말을 하는지 모르겠군."

"그렇게 말한다면."

적시운은 품 안으로 손을 가져갔다. 돌연 구석진 테이블에 앉아 있던 무리가 우르르 일어났다. 내내 이쪽을 주시하고 있었던 모양.

적시운은 조금도 당황하지 않고서 품 안의 물건을 꺼내놓았다. 제법 묵직해 보이는 돈 뭉치였다.

"이 정도면 될까?"

"……."

바텐더가 눈짓하자 사내들은 언제 그랬냐는 듯 자리에 앉았다.

"이 거리의 룰을 잘 알고 계시는군."

"사회의 룰을 잘 알고 있는 거지."

"후, 그렇게 볼 수도 있겠구려. 보아하니 누군가에게 소개를 받고 온 것 같지는 않소만."

"왜 그렇게 생각하지?"

"소개를 받은 경우라면 우리끼리의 암호를 댔을 테니 말이오. 사실 이런 경우는 처음 봤소. 네트워크나 소개지에 올리는 정보는 철저히 위장을 해두었는데."

"내가 좀 눈썰미가 좋은 편이라."

"어떻게 이곳의 정체를 알아챘는지 물어봐도 되겠소?"

"내가 건넨 돈을 다시 돌려준다면."

바텐더의 눈에 순간 갈등의 기색이 스쳤다.

"……그냥 수수께끼로 남겨두는 편이 낫겠군. 한동안은 지루하지는 않을 것 같소."

궁금증 해소보다는 실리를 택하겠다는 뜻.

적시운은 어깨를 으쓱했다.

"좋을 대로. 어쨌든 이제 본론으로 들어가도 될까?"

"그럽시다. 따라오시구려."

시간은 그리 오래 걸리지 않았다. 얘기가 오간 후 30분도 채 되지 않아 따끈따끈한 위조 신분증이 적시운의 손에 놓였다.

"25세의 남성 일반 시민. 인종은 동양인, 직업은 용병이며 가족 관계는 독신이오. 이름은 적당히 알아서 정하면 될 거요."

"알아서 정하라고? 이미 정해져 있는 게 아니라?"

"시타델의 시민 정보는 그리 까다롭게 관리되지 않소. 이름이 아닌 고유 번호로 저장되어 있기도 하고."

"시민 관리가 너무 허술한 것 같은데."

"그 덕에 우리 같은 이들이 먹고살지. 어쨌든 고유 번호가 존재하고, 저장된 외관과 비슷하게 보이기만 한다면 크게 문제 될 일이 없을 거요. 특히나 손님 같은 경우엔."

"나 같은 경우?"

"동양인은 이런 경우 여러모로 유리하지. 백인이나 흑인의 눈으로는 쉽사리 구분하기 어렵거든."

적시운은 고개를 끄덕였다. 그 또한 실제로 경험해 본 바였기 때문이다.

"그나저나 시타델 윗선에선 마치 위조 신분을 쓰라고 장려하는 듯한 느낌인걸."

"어느 정도는 그런 측면도 있을 테지. 그들은 일반 시민 따위야 어디서 나자빠지든 신경도 쓰지 않을 거요."

"이 신분의 원래 주인은?"

"죽었소. 일주일쯤 전에. 그러니까 위조 신분으로 써먹을 수 있는 거고."

적시운은 위조 신분의 메커니즘은 대강 이해했다. 사냥이나 의뢰 수행 중에 죽어버린 헌터나 용병의 신분을 구매하여 되파는 게 이들이 하는 일이었다. 그리고 이들에게 신분을 파는 것은……

"시타델 정부 측이로군. 아닌가?"

바텐더이자 위조 신분 판매상은 침묵했다. 그리고 이런 경우의 침묵은 대개 긍정을 뜻하는 법이었다.

"뭐, 나야 문제만 생기지 않는다면 상관없어. 그나저나 얼마를 내면 되지?"

"원래는 신분 하나당 3천 달러쯤 받소만, 손님에게는 무료로 해드리지."

"……아까 받은 돈 때문인가?"

돈뭉치가 두둑하긴 했다지만 기껏해야 천 달러를 조금 넘는 수준이었다. 산전수전 다 겪었을 노인이 그 정도도 모를 리는 없었다.

"촉이 왔기 때문이오."

"촉이라고?"

"그렇소. 손님과는 앞으로도 자주 만나게 될 거라는 촉. 장사꾼의 촉이지."

"미안하지만 위조 신분을 여러 개씩 만들 생각은 없는데."

"우리 가게는 장물도 취급하고 있다오."

바텐더이자 위조 신분 판매상이자 장물아비라는 뜻.

적시운은 새삼스러운 눈으로 노인을 바라봤다. 노인은 웃음기 없는 얼굴로 말했다.

"작센 번스타인이오."

"유대인인가?"

"독일인이오. 유대인 혈통이긴 하지만."

과연 독일인 특유의 무뚝뚝함과 유대계 특유의 장사꾼 속성이 결합된 듯한 인상이었다.

'끼워 맞추기에 불과할지도 모르지만.'

여하튼 장물아비를 알아둬서 나쁠 것은 없었다. 장물이나 전리품을 처리할 루트가 필요한 것도 사실이었고.

"애용하면 마일리지 같은 거라도 적립되려나?"

피식 웃으며 농담하는 적시운. 반면 작센은 일말의 웃음기조차 없는 얼굴로 대꾸했다.

"그런 싸구려 장삿속은 차리지 않소. 다만 가장 합리적인 가격으로 거래하리라는 것만은 약속드리지."

"글쎄. 신분증 값을 깎아주는 것부터가 장삿속 아닌가?"

"미래를 위한 투자일 뿐이오."

참으로 교묘한 언변이었다.

결국 남이 하면 불륜이고 내가 하면 로맨스라는 식이니.

그래도 장사꾼 특유의 화법과 거리가 있다는 점이 마음에 들었다. 적시운 또한 가면 같은 웃음과 입에 발린 소리를 혐

오하는 편이었기에.

'그렇다고 마냥 신뢰할 수도 없겠지만.'

일단 알아두는 것 정도만이라면 문제는 없으리라. 적시운은 그렇게 판단했다.

그 전에 능력부터 확인해 보기로 했다.

"이 물건에는 얼마쯤 줄 수 있겠어?"

적시운은 아티팩트 하나를 주머니에서 꺼냈다. 카모플라쥬 네클리스. 매복자들에게서 수거한 물건 중 하나였다.

"잠시 감정해 봐도 되겠소?"

"물론."

작센은 돋보기안경을 끼고서 네클리스를 이리저리 돌려보았다. 옛날 옛적 방식처럼 보이만 실제로는 그렇지 않았다.

'아마 저 안경은 전자 장비일 테지.'

이른바 스마트 글라스. 외부 네트워크와 연결되어 렌즈 위로 정보를 띄우는 장치일 터였다.

감정을 마친 작센이 네클리스를 건넸다.

"8천 달러 정도 드릴 수 있겠구려."

미네르바가 감정했던 것보다 조금 낮은 금액이었다.

"생각한 것보다는 약간 낮은데."

"물건 자체만 놓고 보면 만 달러쯤 될 거요. 하지만 외관에 비해 내구도가 꽤 많이 닳아 있소. 강화 개조를 한 탓일 테지.”

미네르바가 감정한 바와 일치했다. 이 정도면 합격점을 줘
도 괜찮을 듯싶었다.

적시운은 카모플라쥬 네클리스와 더불어 링 또한 팔아치
웠다.

“같은 값에 사드리지. 덤으로 괜찮은 위스키 한 병을 얹어
드리리다.”

“나쁘지 않네.”

1만 6천 달러와 버번위스키 한 병이 적시운의 손에 들
렸다.

번스타인 바에서 나온 적시운은 철물점으로 향했다. 그곳
에서 방범용 알람을 제작 주문하고 군용 와이어를 굵기 별로
구매했다.

아지트로 돌아온 다음 곧장 와이어 설치에 나섰다.

‘마음 같아선 클레이모어를 박아놓고 싶지만.’

주택가는 아니라지만 결국은 사람 사는 동네. 폭발이 일어
났다간 단순히 이목을 끄는 수준에서 그치지 않을 터였다.

‘전기를 흘리는 정도가 가장 무난하겠지.’

제압용 스턴건 수준의 전류라면 무난할 터였다. 그 정도로
도 안심하기는 힘들 것 같다는 생각이 들었지만.

‘철조망과 무인 터렛도 설치할까?’

일견 과하다 싶기도 했지만 한편으로는 이 정도쯤은 해줘야 한다는 생각도 들었다.

'뭐, 일단 이것부터 설치한 후에 생각하면 되겠지.'

마음을 정한 적시운은 염동력으로 와이어를 들어 올렸다.

이윽고 머릿속에 그려놓은 설계도를 따라 와이어를 적재적소에 설치해 나갔다.

"나, 이곳에 남을래."

"그래그래, 여기가 안주발 좀 받기는 하네. 문 닫을 때까지 여기에 죽치고 있자고!"

"밀리아, 난 세인트 로드로 안 돌아갈 거야."

테이블에 뺨을 댄 채 헨리에타의 말을 귓등으로 넘기던 밀리아가 벌떡 상체를 일으켰다.

"뭔 소리야, 그게? 그러니까 시타델에 계속 남아 있겠다고?"

"응, 일단은 휴가 요청을 할래."

"지금 미쳤어!?"

벌게진 얼굴로 소리치는 밀리아.

주변의 시선이 한데 쏠리자 그녀는 적반하장으로 으르렁거렸다.

"뭘 꼬라봐? 엉? 구경났어?"

몇몇이 자리를 박차고 일어섰다. 그것을 본 밀리아는 코웃음을 쳤다.

"터프가이라 이거지?"

와지끈.

그녀가 맨손으로 맥주잔을 쥐어 깨뜨리자 사람들의 낯빛이 변했다. 슬그머니 자리에 주저앉는 사내들. 불만 섞인 시선들도 어느새 사라졌다. 가히 필사적인 외면.

밀리아는 재차 코웃음을 치고는 자리에 앉았다. 헨리에타역시 한껏 벌게진 얼굴이었다.

"깡패처럼 굴지 좀 마. 너 때문에 나까지 창피해 죽을 거 같잖아."

"너야말로 취했다고 아무렇게나 떠들어 대지 좀 마. 이제 갓 공대장이 됐는데 휴가를 요청하면 어쩌자는 거야?"

"흥, 잘리기밖에 더 할까?"

"공대장 자리에서 잘리는 거라고. 네가 그렇게나 되고 싶어 했던 자리에서."

헨리에타는 500㎖ 맥주잔에 든 맥주를 벌컥벌컥 들이켜고는 탕 소리가 나게 테이블에 꽂았다.

"씨이, 끅. 자르고 싶으면 자르라 그래. 케르베로스 똥개새끼들."

"얘가 취했나?"

"안 취했거든?"

밀리아는 전에 느껴보지 못한 난감함에 머리를 긁적였다.

헨리에타에 대한 길드 내 이미지는 한결같았다. 약간은 냉랭하게까지 느껴지는 침착한 프로페셔널. 일류 저격수에 걸맞은 태도와 겉모습이라 할 수 있었다.

물론 밀리아는 그녀의 진면목을 알고 있었다. 그녀가 생각만큼 냉랭한 성격이 아니라는 것도, 의외로 덤벙거리기도 잘하는 편이라는 것도. 그렇기에 헨리에타가 이미지 유지를 위해 평소 얼마나 노력하는지도 잘 알았다.

하지만 이렇게까지 풀린 모습은 그녀로서도 처음이었다. 헨리에타는 그녀 앞에서도 언제나 최소한의 선을 유지했던 것이다.

"씨이, 나쁜 새끼."

맥주잔 바닥으로 테이블을 탕탕 두드리는 헨리에타.

나쁜 새끼가 누군지는 물어볼 것도 없어 보였다.

"왜 그렇게 그 남자한테 집착하는 거야?"

"집착 아니거든?"

헨리에타가 맥주잔을 붕붕 휘둘렀다.

평소라면 난동 부리는 입장이었을 밀리아가 졸지에 그녀를 말리는 입장이 됐다.

"얘가 왜 이래? 안 하던 짓을 다 하고."

"히. 적시운, 너 때문이야."

빙긋 웃은 헨리에타가 테이블에 뺨을 처박았다. 그러고는 드르렁드르렁 코를 골기 시작했다.

"에이, 김샜네."

밀리아는 체내의 신진대사를 활성화해 취기를 날려 보냈다. 육체 강화 능력자인 그녀이기에 가능한 방식이었다.

그녀는 뻗어버린 헨리에타를 한쪽 어깨에 간단히 걸쳤다.

"대체 뭐 하는 놈이기에 이 녀석이 단단히 꽂힌 거지?"

그 남자가 생명의 은인이라는 것은 그녀도 알고 있었다. 정황 증거뿐이고, 믿기 어렵기는 했지만 헨리에타의 추측대로라면 불가능할 일은 결코 아니었다. 하지만 그 사실에 큰 의미를 두진 않았다. 어차피 언제 어디서 죽을지 모르는 게 사냥꾼의 삶. 운 좋게 목숨을 건졌다면 좋은 것일 뿐, 그렇지 않더라도 억울할 건 없었다. 그들이 쉽게 거금을 손에 넣을 수 있는 이유가 그것이기에.

'언제든 죽을 수 있음을 긍정하는 것.'

때문에 생명의 은인이란 개념에 대해서도 일반인만큼 크게 얽매이진 않았다.

목숨을 구원받았으면 좋은 거고, 그에 대한 대가를 상대가 바란다면 최대한 들어주도록 노력한다.

대가를 바라지 않는다면?

감사하고 말 일인 것이다. 구태여 은혜를 갚겠노라고 매달릴 이유는 없었다.

'헨리에타도 그쯤은 잘 알 텐데.'

밀리아는 정수리를 긁적였다.

'그 외에도 뭔가가 더 있다는 걸까?'

5

"음."

적시운은 허리에 손을 얹었다.

"너무 오버했나?"

촘촘히 펼쳐진 거미줄이 눈앞에 펼쳐져 있었다. 군용 와이어로 이루어진 그물망이었다. 척 봐도 지나치게 **빽빽**하다 싶은. 물론 마음만 먹으면 얼마든지 통과할 수 있는 수준이긴 했다. 그게 적시운 기준이란 게 문제였지만.

'물건 나를 때도 불편할 테고.'

적시운은 절반가량의 와이어를 걷어냈다. 이 정도만으로도 어지간한 침입자쯤은 충분히 차단할 수 있을 듯했다.

아직 와이어엔 전류가 흐르지 않았다. 이 상태로는 그저 저지용 철선 이상의 의미는 없다. 그 이상이 되려면 대형 배터리와 연결해 전력을 공급해 줄 필요가 있었다.

'철조망, 터렛과 함께 주문해야겠어.'

적시운은 시타델 네트워크에 접속했다. 네트워크 계정은 위조 신분을 기반으로 새로 만든 상태. 작센이 신분증과 함께 처리해 두었기에 그냥 접속만 하면 되었다. 조로아스터 측의 감시를 피하게는 되었지만 1등 시민이 아닌 일반 계급이기에 접속 불가능한 페이지가 제법 되었다.

'뭐, 중요 정보는 미네르바를 통해 알아내면 그만이니.'

적시운은 무기상 페이지로 들어갔다. 총화기와 근접 병기뿐 아니라 무인 터렛과 기간틱 아머에 이르기까지 수많은 병기가 위용을 뽐내고 있었다.

'개인 병기는 나중에.'

우선은 무인 터렛을 구매했다. 특정 지역 내에 사람이 들어오면 무차별 사격을 가하는 소형 포탑이었다. 살상용도 있기는 했지만 혹시 몰라 전류탄을 발사하는 제압용을 구매했다.

철물점 페이지에도 접속했다. 앞서 미처 구입하지 못한 철조망과 공구들을 주문했다.

"이 정도면 됐겠지."

아지트의 방범 대책은 이쯤에서 일단락 지어도 될 터.

적시운은 침대에 드러누웠다.

"후."

녹슨 스프링이 삐걱삐걱 비명을 질렀다. 이곳을 구입할 때 딸려온 침대였는데, 사실 오래전에 폐기했어도 이상할 게 없는 상태였다.

매트리스 곳곳에 구멍이 뚫려 있는 게 마치 누가 총으로 쏴 갈기기라도 한 것 같은 모양새다.

그래도 제법 아늑한 느낌. 시타델 측에서 제공해 준 숙소와 고급 침대보다도 이 자리가 편안했다.

적시운은 누운 채로 허공을 응시했다. 5미터 높이의 천장은 군데군데 깨져 있어, 그 사이로 별이 촘촘한 밤하늘이 보였다. 제법 운치 있는 광경이었다.

"그래도 보수해 두긴 해야겠지."

전체적으로 보수 작업을 마친 다음 방어 시설을 구축하고 나면 제법 그럴싸한 아지트가 될 것 같았다.

이곳을 기반으로 집으로 돌아갈 계획을 실행한다.

일단 적시운의 생각은 그러했다.

"궁극적으로는 바다를 건너가야겠지."

총 1만 2천 ㎞의 땅을 굴착하여 지구 반대편으로 뚫고 나간다면 모를까, 그게 아닌 이상에야 대양을 건너가는 것은 선택이 아닌 필수였다.

물론 이는 쉬운 일이 결코 아니었다.

'우선은 기후.'

검은 안식일은 지구의 물리 체계를 송두리째 바꿔놓았다. 기존의 인간이 상식이라 생각했던 것들은 더 이상 상식적이지 않게 되었다.

그중 하나가 기후였다. 기존의 기후 변화는 어느 정도의 규칙성을 지니고 있었다. 예컨대 태풍, 즉 열대성 저기압은 그 생존 구조상 주로 6월에서 9월 사이에 자주 생겨났다. 이동 루트 또한 편서풍의 영향을 받아 시계 방향으로 반원을 그리게 마련이었고.

검은 안식일 이후에는 더 이상 그렇지 않았다. 조금 전까지 멀쩡하던 바다에서 돌연 태풍이 몰아치거나, 온대 기후의 대지 위로 갑작스레 우박이나 폭설이 쏟아지는 경우가 허다했다. 몇몇 국가에서 핵을 사용한 이후에는 이러한 미친 기후에 방사능이란 양념까지 더해졌다.

그나마 육지는 영향이 덜한 편. 세계의 바다는 예측 불가능한 혼돈 그 자체로 변하고 말았다.

다행히 이것은 어느 정도 해결할 방안이 보였다. 김은혜가 건네준 USB엔 태평양의 기후 패턴이 저장되어 있었던 것이다.

'아직 확신할 단계는 아니지만.'

그녀가 건네준 정보는 암호화되어 있는 상태.

그는 이 사실을 시타델에 들어와 구형 단말기를 구입한 뒤에야 알게 되었다. 그전까진 구형 USB에 연결되는 단말기가 없었기 때문에 눈치채지 못했다.

'한 방 먹었어.'

타자를 치는 것조차 버거워하는 적시운이 해독할 수 있을 만한 게 아니었다.

결국 암호를 풀기 위해선 김은혜를 다시 만나야 한다는 뜻.

미네르바를 이용한다면 혹 모르겠지만, 지금으로선 두 단말기를 연결할 단자부터가 존재하지 않았다. 결국 알맞은 단자를 구하거나 김은혜를 만나 암호를 알아내는 수밖에 없었다.

'뭐, 이건 그렇게까지 어려운 일은 아닐 테니까.'

지금으로선 그렇게까지 급한 일은 아니었다. 오히려 그 외의 것들이 문제라면 문제였다. 알아도 무서운 것이 대양의 기후인 데다, 이 또한 수많은 장해물 중 하나에 불과했던 것이다.

'진짜배기는 역시 마수들이겠지.'

대양을 주름잡는 심해의 마수, 창공을 지배하는 비행형 마수. 어느 쪽이 되었든 육지의 마수보다 못할 것 하나 없었다.

대양의 환경이 인간에게 불리하다는 걸 감안하면 체감 난이도는 토가 나올 정도로 올라갈 것임이 분명했다.

적어도 지금 당장의 적시운으로선 엄두도 낼 수 없었다. 기후적 제약과 환경적 제약을 극복하고, 몰려드는 마수들을 쳐부수며 1만 ㎞에 달하는 대양을 건너가야 한다.

이것은 서쪽 태평양을 건너는 루트의 경우이고, 동쪽으로 향하여 대서양을 건널 경우엔 항해 거리를 단축할 수 있다. 대신 유럽 대륙을 횡단해 가야 한다.

어느 쪽이 난이도가 높을지는 짐작할 수가 없었다. 그렇기에 막막한 것이었고.

'하지만 포기할 수는 없다.'

어렵다고는 하나 불가능하지는 않았다. 최소한 시간의 벽이라는, 인간으로선 넘어설 수 없는 한계와 조우하는 것보다는 나았다.

그렇기에 적시운은 어느 때보다도 의욕이 충만했다. 이 시대로 돌아온 이후 처음으로 목표가 가시권에 들어섰기 때문이다. 무척이나 머나먼 가시권이긴 했지만.

[어디까지나 목표가 보인다는 것 자체가 중요한 것이지.]

머릿속의 천마가 한마디 던졌다. 이번만큼은 적시운도 평소처럼 툴툴대진 않았다.

"그래, 당신 말이 맞아."

[흐음…….]

"뭐야, 그 반응은? 기껏 동의해 줬더니."

[아니, 자네가 그렇게 나오니 놀려먹는 재미가 사라진 것 같아서 말일세.]

"……."

적시운은 몸을 뒤집어 베개에 얼굴을 파묻었다.

"빌어먹을 망령."

주문한 물건들은 이튿날에 바로 배달되었다. 당일 배송을 요구하며 웃돈을 얹어준 덕분이었다.

"돈의 힘이란."

어깨를 으쓱한 적시운은 곧바로 설치 작업에 나섰다. 염동력과 외공을 함께 동원하니 도합 수백 kg에 이르는 철조망 설치 작업도 어렵잖게 수행할 수 있었다.

이어서 터렛을 적재적소에 설치했다. 설치하는 과정에서 각 터렛의 사거리와 반응 범위를 숙지해 두었다.

마지막으로 배터리와 회로, 와이어를 연결하는 것으로 작업을 끝마쳤다.

결과적으로 제법 살벌한 방범망이 구축되었다.

"음……."

잠시 고민하던 적시운은 수풀과 엄폐물 등을 가져와 터렛과 와이어를 가렸다. 눈에 띄게 두어봤자 좋을 것이 없었기 때문이다. 오히려 이것들을 보고서 날파리들이 꼬일 가능성이 상당했다. 보안이 철저하다는 것은 지켜야 보물이 있다는 뜻이나 마찬가지였으니까.

"어쨌든 이 정도면 충분할 것 같고……."

다음이라면 역시 수련.

고민이 필요한 부분이라면 홀로 수련하느냐, 사냥과 병행하느냐 하는 것이었다. 전자의 경우엔 체계적인 수련이 가능하다. 후자의 경우엔 실전 경험과 더불어 전리품의 획득을 기대할 수 있었다.

"당신 생각은 어때? 어느 쪽이 좋을 것 같아?"

[본좌의 경험에 비추어 단언컨대, 후자 쪽이 효율적일 걸세.]

"어째서지?"

[돈 버는 일 싫어하는 인간은 없기 때문이지. 막말로 곰팡내 가득한 골방에서 석벽이나 쳐다보고 있는 건 저 소림의 골통들에게나 어울리는 일 아니겠는가!]

"……그 중들의 편을 들었던 게 새삼 다행이라는 생각이 드는걸."

그래도 천마의 말은 어느 정도 일리가 있었다. 모름지기 동기부여의 유무는 능률 면에서 큰 차이를 보이는 까닭이다.

"당분간은 사냥 시즌이다."

적시운은 알선소 페이지에 접속하는 한편 무기를 챙겼다.

"우선은 저격 소총."

근접전과 중거리 전투라면 무공과 염동력만으로도 얼마든지 대처할 수 있었다. 하지만 500m 이상의 장거리 전투는 얘기가 조금 달랐다.

마수 중에도 장거리 공격이 가능한 놈들이 더러 존재했다. 많다고 하기는 어려웠지만. 그래도 일말의 가능성이 존재한다면 응당 대처를 해둘 필요가 있었다.

더불어 인간이 적이 되지 않으리란 보장 또한 없었다. 혼자 다니는 인간은 언제 어디서나 좋은 표적인 것이다. 마수에게 있어서나, 인간에게 있어서나.

적시운은 M40A7 저격 소총과 7.62㎜ 탄환 100발을 확실히 챙겼다. 이어서 붕대와 약품 등을 백팩에 집어넣었다.

물품을 챙기고 의뢰 목록들을 돌아보았다. 여느 때와 마찬가지로 하나같이 파티 구성을 요구하고 있었다.

"흠."

이전처럼 1등 시민의 권위로 밀어붙이고 싶진 않았다. 구태여 그럴 당위성이 딱히 없었기 때문이다.

'굳이 의뢰에 목매달 것은 없으니.'

의뢰 보상이 적지 않긴 하나 필사적으로 매달릴 만큼 많은 것은 결코 아니었다. 지난번 경험에 비춰봐도 그렇고, 오히려 마수 자체로부터 뜯어낼 수 있는 수입이 더 많다는 생각이 들었다. 그렇다면 굳이 의뢰를 받네 마네 골머리 앓을 필요는 없는 것이었다.

'여기서는 필요한 정보만 뜯어내면 되겠지.'

의뢰 게시물엔 대략적인 마수들의 위치가 게재되어 있었다. 적시운은 이를 일일이 파악하여 마수들의 분포도를 머릿속에 구축했다. 그다음은 가서 사냥하면 그만이었다.

'경쟁자들에겐 조금 미안한 일이지만.'

시타델 내의 마수들은 대체로 하층민 구역 쪽에 몰려 있었다. 도시의 자랑인 성벽이 지켜주지 못하는 곳. 어느 정도의 방어 설비가 구축되긴 했으나 대부분 마수의 공격으로 파손됐다.

그러한 마수들을 저지하는 것은 하층민들이 스스로 조직한 자경단, 그리고 의뢰를 받은 마수 사냥꾼들이었다. 시타델 측 수비 병력은 어지간해선 전면에 나서질 않았다. 비교적 안쪽에 위치한 하수처리장까지 위험해질 것 같아야 비로소 어슬렁거리며 나타나는 식이었다.

'마수들을 이쪽으로 유인한다는 생각이로군.'

동서남북 전체가 한결같은 방어 체계를 지니고 있다면 공격 또한 고르게 분포될 수밖에 없다.

하지만 그중 한곳이 유독 미약하다면?

자연히 공세가 그곳으로 집중되는 것이다.

'시타델 정부가 바라는 게 그것이겠지.'

마수들의 공세를 한곳으로 집중시킴으로써 방어 효율을 높인다. 더불어 그 처리를 하층민과 용병들에게 맡김으로써 수비 병력을 보존시킨다. 분명 합리적이지만, 동시에 매몰찬 방식이기도 했다.

'뭐, 내가 이래라저래라 할 일은 아니지만.'

적시운은 하층민 구역으로 진입했다.

브레인 이터 무리가 도사리던 전철역 근처. 알선소 측 정보에 따르면 2개의 마수 무리가 이 근방을 배회하고 있었다.

하나는 세 자릿수의 오크 무리, 다른 하나는 커럽티드 울프(Corrupted Wolf) 무리였다.

전자의 경우엔 제법 널리 알려진 인간형 마수였다. 개별 개체의 마수 등급은 CC. 그러나 등급과 별개로 방심할 수 없는 상대였다. 인간형인 만큼 총화기를 다룰 정도의 지능과 손재주를 지니고 있었던 것이다. 중무장한 오크 무리는 결코 방심할 수 없는 상대였다.

'그리고 후자는……'

커럽티드 울프. 방사능의 영향을 받아 변이를 일으킨 갯과 동물을 총괄하는 이름이었다. 같은 갯과 동물인 코요테나 자칼 같은 동물들 또한 커럽티드 울프로 분류되고는 했다.

건장한 성체를 기준으로 마수 등급은 B. 그러나 체감 난이도는 그 이상이라는 게 중론이었다. 강철도 끊는 치악력과 갯과 특유의 후각, 순발력과 시력 등이 어우러져 시너지 효과를 내는 것이다.

게다가 근접할 경우 방사능에 노출될 가능성도 높았다. 가능한 접근하기 전에 숨통을 끊는 게 정석이라 할 수 있었다.

여하간 그러한 커럽티드 울프 무리가 이 근방에서 관측되었다고, 알선소의 게시물은 설명하고 있었다.

'놈들이 제공하는 정보를 온전히 믿을 수는 없겠지만.'

사실 새삼스러운 일은 아니었다. 한국 정부 특무부 소속이던 당시에도 정보의 혼란은 심심찮게 발생했던 까닭이다.

별것 아닌 부분에서 오류가 발생하고, 사소한 정보조차 오차가 나기 일쑤. 믿었던 기계장치가 배신하는 경우도 부지기수였다. 거기에 꿈에도 생각지 못했던 변수까지 튀어나온다면 기관 전체가 혼란의 소용돌이에 휩쓸리고 만다.

국가 기관조차 그럴진대, 민간 알선소에 완벽을 기대하는 것 자체가 무리였다.

'놈들이 제공하는 정보는 어디까지나 참고용일 뿐이다.'

적시운은 주변에서 가장 높은 건물 위로 이동했다. 중간에서 끊어져 7층까지만 남아 있는 건물이었지만 그래도 주변 풍경이 대략 눈에 들어왔다.

일단은 염동력 감지망을 펼쳐 보았다. 반경 150m 내에선 어떠한 특이점도 감지되지 않았다.

이어서 육안으로 주변을 살폈다.

"음⋯⋯."

적시운은 눈을 살짝 찡그렸다.

정오 무렵인 데다 날씨는 맑았다. 부서진 유리창이나 찌그러진 고철 등에 햇살이 마구 산란되어 시야를 어지럽혔다.

그래도 어느 정도 익숙해지니 상황이 나아졌다.

적시운은 호흡을 가라앉힌 채 관망을 이어갔다.

[무영흡(無影吸)의 묘리를 제법 훌륭하게 살리고 있군. 그래도 아직은 조금 아쉬워. 숨을 뱉을 때 비공만을 이용하게.]

머릿속의 천마가 훈수를 두듯 중얼거렸다.

천마신공의 심법인 천마결에서 파생된 토납법 중 하나가 바로 무영흡이었다. 문자 그대로 극한까지 기척을 없애는 호흡법. 칠성에 달하면 모공 호흡이 가능하며, 대성한다면 눈앞에 있어도 알아채지 못하는 경지에 오른다고 했다. 지금의 적시운으로선 소음을 내지 않는 정도가 최선이었지만.

그마저도 천마의 훈수로 인해 집중이 깨어졌다.

'고마워 죽겠군. 기껏 뭔가 좀 해보려는데 초를 쳐 줘서.'

[쉿. 집중하게.]

말 돌리는 거냐고 따지려던 적시운은 순간 멈칫했다.

동북쪽으로 400m가량. 곳곳에 금이 가 있는 아스팔트 도로를 횡단하는 무리가 포착되었다.

오크 두 마리. 두 놈 모두 자동소총으로 무장한 상태였다. 본대와 떨어져 정찰 중인 듯했다.

뒤따르는 오크는 인간 한 명을 어깨에 걸치고 있었다. 살아 있는지 시체인지는 이 거리에서 확인하기 힘들었다. 설령 살아 있다고 해도 멀쩡한 상태는 아닐 듯했지만.

'어쩐다?'

적시운은 턱을 괴고서 생각했다. 지난번의 육탄전 스타일을 반복할 것인가 다른 방식을 택할 것인가?

천마신공의 수련법은 박투술에만 국한된 게 아니었다. 육체를 다루는 거의 모든 방식에 녹아들어 있다고 보는 게 옳았다. 저격조차도 수련의 일부가 될 수 있는 것이다.

'좋아.'

적시운은 선택했다.

'이번엔 저격이다.'

깨어진 벽돌 틈새에 저격 소총의 총신을 얹었다.

여기에도 선택지가 있었다. 당장 저격하여 오크들을 사살하거나, 조금 기다려 놈들의 이동 루트를 확인하거나.

후자의 경우엔 본대의 위치를 확인할 수도 있을 테지만······.

'놈들이야 불러들이면 그만이지.'

적시운은 재차 무영흡을 시도했다. 호흡을 하고 있음에도 숨을 멈춘 것처럼 육체의 움직임이 멎었다.

"……."

완벽한 균형을 이룬 상태로 스코프에 눈을 가져갔다. 이어서 앞서가는 오크의 몸통을 조준했다. 머리를 꿰뚫는 게 깔끔하긴 했지만 그 정도까진 자신이 없었다. 특무부 시절에도 사격술이 그리 뛰어난 편은 아니었던 것이다.

'뜸 들여봐야 좋을 건 없겠지.'

십자선이 일치하는 걸 확인하자마자 적시운은 방아쇠를 당겼다.

탕!

탄환은 아슬아슬하게 오크의 목을 스쳐 지나갔다. 그제야 영점을 조절해 두지 않았다는 생각이 뇌리를 스쳤다.

'초보적인 실수를.'

그래도 당혹감은 느껴지지 않았다. 아직은 충분히 여유가 있었다.

당황한 듯 주변을 두리번거리는 오크들. 소리가 꽤 크게 났음에도 이쪽을 발견하지는 못한 듯했다.

적시운은 사격 자세를 그대로 유지했다. 염동력으로 재장전을 하는 한편, 십자선의 위치를 이동시켰다.

'오른쪽 위로 약간 빗나갔으니……'

목표 지점보다 살짝 왼쪽 아래로 겨냥을 했다. 그리고 망설임 없이 방아쇠를 당겼다.

팍!

오크의 가슴팍이 터져 나갔다. 그제야 대략적인 방향을 파악한 듯, 다른 오크가 탄을 마구 갈기기 시작했다.

명중률은 물론 형편없는 수준. 근처까지 닿는 탄환조차 없는 지경이다.

탕!

나머지 한 놈도 그대로 꿰뚫었다. 오크들이 쏟아낸 피가 땅을 적셨다. 눈으로만 보는데도 피 냄새가 자욱하게 깔리는 게 느껴질 정도였다.

커럽티드 울프의 후각이라면 수 ㎞ 너머에서도 냄새를 맡을 수 있을 터.

'그리고 근처의 오크들이 총성을 들었다면……'

두 무리를 한 큐에 유인하게 되는 셈이다. 물론 어디까지나 일이 잘 풀렸을 때의 얘기였지만.

당장의 계획은 모여든 놈들이 난전을 펼치는 동안, 하나씩 저격하여 쓰러뜨리는 것이었다.

매달려 있던 인간은 아무래도 오래전에 숨을 거둔 모양. 10분가량 대기하는 동안 미동조차 보이지 않았다.

'시신 정도는 수습해 줘야겠어.'

적시운은 내심 중얼거렸다.

쿠구구구.

대여섯 블록 너머에서 먼지구름이 일었다. 처음엔 오크 무리인가 생각했던 적시운이지만, 이내 그게 아님을 깨달았다.

'오크라기엔 너무 많다.'

먼지를 뚫고 나타난 것은 대략 10여 기의 기간틱 아머였다. 기종은 KX-23, 블랙 하운드. 멋들어진 이름과는 달리 싸구려 모델이었다.

피칠갑을 한 것을 보니 조금 전에 사냥을 마친 듯했다. 그중 몇 기는 기다란 창대 끝에 오크들의 머리를 주렁주렁 매달고 있었다. 아무래도 싹 쓸어버린 모양이었다.

"선수를 빼앗겼나."

적시운은 나직이 혀를 찼다.

사냥꾼은 그 혼자가 아니었다. 푼돈이라도 건지기 위해 알선소를 예의주시하는 이들이 족히 수백은 될 터였다.

저들 또한 마찬가지이리라.

그렇게 생각하던 차, 적시운의 두 눈이 별개의 움직임을 포착했다.

'커럽티드 울프!'

적시운의 예상대로 피 냄새를 맡고 몰려온 모양. 당장 시야에 들어오는 숫자만 20마리가 넘었다. 사각으로 파고들어 조심스럽게 포위망을 구축하는 중. 블랙 하운드 측은 낌새조차 느끼지 못한 듯했다.

하기야 레이더조차 달리지 않은 싸구려 기종으로 무엇을 할 수 있을까?

얕은 승리에 도취해 있기까지 하다면 말할 것도 없었다.

그들은 자신들이 포위되었다는 것도 모른 채 오크들의 사체를 살피고 있었다.

내버려 두면 전멸을 면치 못할 것이다. 방사능으로 인해 강화된 마수의 이빨을 막아내기엔 블랙 하운드는 지나치게 저렴한 갑옷이었다.

선봉 역할의 늑대 한 마리가 배후로 접근했다.

잿빛 털 사이사이에서 연녹색의 갑각이 번들거렸다. 몸길이는 일반 늑대의 두세 배에 달했고, 이마 위로는 칼날 같은 흑색 뿔이 불룩 튀어나와 있었다.

소리 없이 으르렁거리는 커럽티드 울프.

적시운은 그 아가리를 향해 총구를 겨냥했다.

탕!

정적을 꿰뚫는 총성.

탄환은 커럽티드 울프의 어깨를 스쳤다. 찰나의 순간에 본능적으로 회피를 한 것이다.

"뭣!"

"뭐야?"

당황한 블랙 하운드들도 뒤늦게 커럽티드 울프를 발견하고는 전투태세를 갖췄다. 나머지 늑대들 또한 상황이 꼬였다는 걸 깨닫자마자 매복을 풀고 뛰쳐나왔다.

크르릉!

커헝!

삽시간에 난전이 시작됐다. 거대한 마견들과 강철의 갑옷들이 한데 엉키니 무지막지한 흙먼지가 일대를 뒤덮었다.

커럽티드 울프들은 집요하게 블랙 하운드에 달라붙었다. 미니건을 비롯한 중화기로 무장한 블랙 하운드였으나, 집요하게 근접전으로 몰고 가는 늑대들의 방식에 고전을 면치 못했다.

탕!

훌쩍 뛰어 달려들던 커럽티드 울프가 허공에서 크게 움찔했다. 7.62㎜ 탄환이 갈빗대를 후려친 결과였다.

가죽을 뚫고 들어가진 못했으나 일순 경직시키기엔 충분한 타격. 블랙 하운드는 그 틈을 놓치지 않고 커럽티드 울프를 후려갈겼다.

탕! 탕!

연신 총격이 이어졌다. 양측이 어지러이 뒤엉켜 있는데도 교묘하게 커럽티드 울프만을 적중시키는 저격이었다.

어딘가에 우군이 있다.

그 사실을 깨달은 블랙 하운드들의 기세가 눈에 띄게 상승했다.

그사이 몇 마리의 커럽티드 울프가 전투에서 떨어져 나와 내달렸다. 정확히 적시운이 자리 잡은 건물 방향. 그 짧은 순간에 저격수의 위치를 찾아낸 모양이었다. 직접 달려들어 끝장을 내겠다는 의도가 빤히 보였다.

물론 적시운으로선 고마운 일이었다. 손수 사정거리 안으로 들어와 주는 행동이었으니까.

그래도 근접하는 것은 곤란했다. 방사능 피해를 입어서 좋을 것은 없었기 때문이다.

적시운은 저격을 이어가는 한편, 염동력을 발휘해 접근하는 커럽티드 울프들을 공격했다. 바윗덩이나 다름없는 건물 잔해를 들어 올려선 커럽티드 울프들에게 날렸다.

쿠르르르!

공성추처럼 쇄도해 들어간 건물 잔해가 늑대들을 강타했다.

컹! 깨갱!

근거리와 원거리에서 경쟁하듯 터져 나오는 비명.

적시운은 괴물 같은 집중력으로 저격과 염동력의 동시 작업을 이어 나갔다.

커엉!

먼 곳에서 우렁찬 포효가 들려왔다. 커럽티드 울프와 블랙 하운드들이 혈투 중인 곳보다도 뒤편이었다.

마견들은 약속이라도 한 듯 한순간에 뒤로 빠졌다.

10분이 채 되지 않는 짧은 전투였다. 그럼에도 5마리의 커럽티드 울프가 나자빠졌고, 4기의 블랙 하운드가 갈가리 찢겼다.

적시운을 노리던 놈들도 나가떨어진 지 오래.

적시운은 안력에 집중했다. 건물 틈새의 어둑한 그림자 너머에서 두 줄기의 안광이 번뜩이는 게 느껴졌다. 그게 놈들의 우두머리임을 대번에 알 수 있었다.

'엘리트 레벨? 혹은 그 이상?'

보이는 것은 희미한 실루엣뿐이었지만, 보통 놈이 아니란 것쯤은 알 것 같았다.

안 그래도 큼직한 일반 커럽티드 울프의 두 배는 되어 보이는 몸집. 미쳐 날뛰던 수하들을 한 번 짖음으로써 휘어잡는 카리스마. 형세가 불리함을 알고서 물러나는 지성.

놈은 보통내기가 아니었다.

푸른빛의 안광이 어둠 너머로 사라졌다. 나머지 커럽티드 울프들 또한 슬금슬금 물러났다.

블랙 하운드들이 안도하는 것이 보였다. 몇몇은 긴장이 풀린 듯 그대로 주저앉았다. 그중 몇 명이 적시운 쪽을 응시했다. 자기들을 지원해 준 저격수에게 감사 인사를 하고 싶어 하는 눈치였다.

적시운은 개의치 않고 일어섰다. 선의를 가지고 한 일이 아닌지라 감사 인사를 들을 마음도 딱히 없었다. 무엇보다도 적시운의 관심사는 커럽티드 울프에게 옮겨간 지 오래였다.

'다른 헌터에게 내주고 싶지 않다.'

레전더리 레벨이나 에픽 레벨에 비할 바는 아니지만, 엘리트 레벨 마수 또한 흔한 편은 아니었다.

일반적인 등급 외에도 마수들에겐 레벨 개념이 존재한다.

일반, 엘리트(Elite), 에픽(Epic), 레전더리(Legendary).

일반 레벨은 문자 그대로 평범한 마수를 뜻했다. 이러한 마수가 방사능을 비롯한 외부의 영향을 받아 강화 작용이 일어나면 상위 레벨을 부여받게 된다.

엘리트 레벨의 경우, 대체로 일반 레벨과 두세 등급의 격차를 지녔다. 에픽 레벨은 네다섯 레벨, 레전더리 레벨은 사실상 측정 불가였다.

커럽티드 울프는 싱글 B등급.

'그렇다면…….'

엘리트 레벨 커럽티드 울프는 최소 트리플 B등급에 준하는 전투력을 지닌 셈이었다.

타인에게 내주기엔 지나치게 아쉬운 사냥감이었다.

6

햇살이 비스듬하게 부서지는 방 안.

침대 위의 새하얀 이불 사이로 늘씬한 여성의 맨다리가 돌출되어 있었다. 이불을 껴안고서 잠든 이는 적갈색 숏컷 머리의 미녀. 보기 좋게 그을린 피부와 적당히 잡혀 있는 근육의 조합이 전체적으로 탄력 있는 굴곡을 만들어내고 있었다.

"우우……."

곤히 잠들어 있던 미녀가 돌연 이맛살을 찡그리며 신음을 흘렸다.

"쯧쯧. 누가 보면 골병든 줄 알겠네."

스포츠웨어 위로 수건을 걸친 금발의 여성이 세면실에서 걸어 나왔다. 숏컷 쪽이 적당한 굴곡을 지녔다면 이쪽은 장대한 조형미를 지녔다고 할 수 있었다.

어지간히 건장한 남성조차 삽시간에 멸치로 만들어버릴 그녀의 이름은 밀리아. 케르베로스 길드의 서브 탱커였다.

"끙끙댈 거면 일어나서 해, 헨리에타. 벌써 해가 중천에 떴다고."

"으응."

붉은 숏컷의 미녀 헨리에타가 상체를 일으켰다. 아직도 비몽사몽인 모양. 기다란 눈꺼풀 너머는 아직도 꿈속을 헤매고 있었다.

그녀는 잠에서 덜 깬 손으로 연신 관자놀이를 주물러 댔다.

달칵.

냉장고에서 꺼낸 맥주를 딴 밀리아가 벌컥벌컥 마셨다. 숙취 따윈 그녀에겐 먼 세상 얘기인 듯했다.

"나도 숙취란 걸 느껴봤으면 좋겠어. 정말 그렇게 죽을 맛인지 궁금하거든."

"저기…… 부탁이니 목소리 좀 낮춰줄래, 밀리아? 네가 말할 때마다 머리가 쪼개지는 것 같아."

"그런 말 들으면 반대로 하고 싶어진단 말이지."

"밀리아."

"알았어, 알았다고."

밀리아가 부엌 쪽으로 향했다.

헨리에타는 눈가를 비비며 한숨을 쉬었다. 두개골 안쪽으로부터 난쟁이가 망치로 두들겨 대는 듯한 느낌이었다. 이렇게까지 지독한 숙취에 시달리는 게 대체 얼마 만인지 알 수 없었다.

'그때도 이 정도는 아니었는데.'

적시운을 구워삶으려 시도했던 밤. 결국 취해서 못 보일 꼴만 보이고 말았던 그녀였다. 그 이후로 주의해야겠다고 다짐하고 또 다짐했거늘. 며칠 지나지 않아 또 이런 꼴이라니.

"하아, 내가 미쳤지 정말."

헨리에타는 뒤늦게 어젯밤의 기억을 되살릴 수 있었다. 거의 실려 오다시피 밀리아의 숙소에 도착한 다음엔 필름이 끊겨 버렸었다. 아무래도 밀리아가 옷을 벗겨 침대에 눕혀준 모양이었다.

"이거나 마셔."

한숨을 토하는 헨리에타의 앞으로 유리잔이 놓였다. 투명한 액체가 안에서 찰랑거렸다.

"소금물?"

"꿀물이야. 쭉 들이켜."

"그래 놓고 소금 탄 건 아니지?"

"얘가 속고만 살았나?"

헨리에타는 유리잔을 들고는 조심스럽게 홀짝거렸다. 하도 술에 절었던 탓인지 액체만 봐도 토악질이 나올 것 같았다. 벌컥벌컥 들이켰다간 정말 도로 게워낼지도 모를 판이었다.

다행히 물은 밀리아의 말대로 달달한 꿀물이었다. 달짝지근한 맛이 혀를 감싸니 머리를 쪼갤 듯한 두통도 한결 가시는 듯했다.

이윽고 잔을 내려놓는 헨리에타의 표정은 무척이나 편안해 보였다.

"넌 내 수호천사야, 밀리아."

"그걸 이제 알았어?"

대답은 그렇게 했지만 밀리아의 표정은 미묘했다. 기실 일을 저지르는 건 그녀였고, 헨리에타는 주로 수습하는 쪽이었다. 하나 이번엔 완전히 반대였다. 아마도 헨리에타를 알게 된 이래 처음일 터. 마음에 걸리지 않을 수가 없었다.

"그래서, 어제 떠들어 댄 말들은 진심이었어?"

헨리에타의 얼굴이 순간 멍해졌다.

"어, 내가 뭐라고 했었는데?"

"기억나지 않으면 됐어."

"잠깐. 그렇게 말하면 더 궁금해지잖아."

"술에 곯은 네 잘못이지. 그러게 누가 바람맞은 미친년처럼 때려 부으래? 술도 별로 세지 않으면서."

"으으, 제발 소리 좀 지르지 말아줘. 안 그래도 뇌가 떨어져 나갈 것 같단 말이야."

"꿀물 한 잔 더 타줄까?"

"으응, 부탁해."

빈 잔을 받은 밀리아가 부엌으로 향했다.

헨리에타는 겨우 정신을 차리고 어젯밤의 일을 곰곰이 반추했다. 술 취한 자신이 뭐라 떠들어 댔었는지 대략 기억이 났다.

"아, 미쳐……."

정말로 못 보일 꼴을 보이고 말았구나 싶었다.

헨리에타는 땅이 꺼져라 한숨을 쉬었다. 그나마 지켜본 사람이 밀리아밖에 없었다는 게 유일한 위안거리였다.

'다른 공대원들이 이 꼴을 봤다면 뭐라 생각했을지…….'

잔을 채운 밀리아가 돌아왔다.

"저기, 밀리아?"

"아무한테도 얘기 안 할게. 뭐, 공대원들이 알게 된다고 해서 네 평가가 크게 바뀔 것 같지는 않지만. 오히려 좋다고 생각하지 않겠어? 새 공대장은 이렇게나 인간적이구나 하고 말이야."

"자제력이 없어 쉽게 판단을 그르칠 거라고 생각할걸. 술 몇 잔에 저 꼴이 되는데 마수들 상대로 냉정을 유지할 수 있겠냐고."

"어, 그렇게 생각할 수도 있으려나?"

"그렇게 생각할 거야."

"뭐, 그럼 그런 거고."

시큰둥하게 대꾸한 밀리아가 헨리에타의 어깨에 손을 얹

었다.

"그래도 다행이네. 공대장 자리에 아직 미련이 남아 있는 것 같아서."

"어제 떠들어 댄 얘기들은 잊어줘. 그냥 생각 없이 지껄인 것에 불과하니."

"뭐 어때? 술 먹고 헛소리 좀 할 수도 있는 거지."

대수롭잖다는 밀리아의 말에 헨리에타는 쓴웃음을 지었다.

'헛소리. 그래, 그런 거겠지.'

그녀는 적시운에게 영입 제의를 했고 그는 거절한 채 떠나 버렸다. 단지 그뿐인 것이다.

별다를 것 없는 황무지의 인연. 약간 아쉽긴 하지만 집착할 이유는 없었다.

헨리에타는 적시운에 대한 마음을 완전히 접기로 했다.

"꿀물 잘 마셨어, 밀리아."

"가려고? 점심이나 같이 먹고 가지그래?"

"별로 배 안 고파. 귀환 준비가 완료됐는지 확인도 해야 하고."

"자잘한 준비야 다임백 선장이랑 사무원들이 할 텐데 뭘."

"그래도 공대장의 승인이 있어야지. 형식뿐인 절차라지만."

헨리에타는 옷장에 걸려 있는 웃옷을 집었다. 습관적으로 핸드폰을 꺼내 확인해 보니 호출 문자만 20통이 넘게 날아든 상태였다.

"뭐지?"

하나같이 길드의 사무원이 보낸 것.

오만 가지 상황이 헨리에타의 뇌리를 스쳐 지나갔다. 공대원이 사고 쳐서 감옥 들어갔다는 사소한 것에서부터, 에스텔이 또 납치됐다는 악몽에 이르기까지. 실로 다양한 시추에이션이 떠오르는 가운데, 밀리아가 핀잔을 줬다.

"그렇게 전전긍긍하느니 전화해서 물어보는 편이 낫지 않아?"

"그, 그래."

헨리에타는 급히 통화 버튼을 눌렀다. 신줏단지 모시듯 핸드폰을 두 손으로 꼭 쥔 채였다.

다이얼이 들리기 무섭게 상대방이 전화를 받았다.

─헨리에타 공격대장님이십니까?

"응, 무슨 일 있었어?"

─에스텔 아가씨가 오전 내내 찾으셨습니다.

헨리에타의 가슴이 철렁했다.

"왜, 왜?"

─직접 오셔서 말씀을 들으시는 게 나을 것 같습니다만.

"아, 알겠어. 바로 그쪽으로 갈게."

헨리에타는 급히 재킷을 걸치고 부츠를 신었다.

곧장 문밖으로 내달리려는 그녀를 밀리아가 황급히 붙잡았다.

"바보야! 팬티 바람으로 나갈 생각이야?"

"아."

에스텔은 사무원의 방에서 기다리고 있었다.

"죄송합니다, 아가씨."

"죄송해요, 공대장님."

거의 동시에 사과를 한 두 사람이 멀뚱멀뚱 서로를 응시했다.

"아, 저……."

"먼저 말씀하세요, 공대장님."

"아, 네. 전화를 받지 못해 죄송합니다. 그…… 어젯밤에 일이 조금 있었거든요."

"과음하셨다는 얘기는 전해 들었어요. 그것도 모르고 자꾸 전화를 드려서 죄송해요."

헨리에타는 움찔했다.

"예? 그걸 어떻게……?"

"밀리아 님에게서 전해 들었습니다."

사무원이 그녀의 질문에 대답했다.

"스무 번째쯤 전화했을 때 대신 받아서 말씀해 주셨습니다."

"……."

헨리에타는 핸드폰 통화 기록을 살폈다. 부재중 수신이 주르륵 이어지다가 맨 아래에서 음성 통화 수신이 나타났다.

이 망할 계집애.

헨리에타는 마음속으로 오만 가지 욕을 중얼거렸다.

"죄송합니다, 아가씨."

"아뇨, 공대장님이 사과하실 일은 아니죠. 오히려 제가 죄송해요. 공대장님 사정도 모르고 분별없이 자꾸 전화를 해서요."

"괜찮습니다. 한데 무슨 일이라도 생긴 건가요?"

"그게 말이죠."

에스텔이 눈짓하자 사무원이 입을 열었다.

"제3공격대가 특별 의뢰를 받게 됐습니다."

"특별 의뢰?"

헨리에타의 표정이 진지해졌다.

"자세한 이야기를 들을 수 있을까?"

"그건 제가 말씀드릴게요."

에스텔이 설명을 시작했다.

"이야기가 나온 건 어제 연회에서였어요."

"연회라면, 솔트레이크 남작의……?"

"네, 사실 연회라기보다는 비즈니스 미팅에 가까운 분위기였지만요."

에스텔은 케르베로스 길드의 일원이기 이전에 후원자의 입장이었다. 정확히는 그녀의 가문인 라트린 후작가가 후원을 맡고 있는 것이었지만, 사실 둘 사이엔 큰 차이가 없었다. 그런 까닭에 그녀와 접촉하고자 하는 이들이 줄을 설 지경.

지난 며칠간은 매일같이 연회의 연속이었다. 에스텔로서도 후작가와 길드의 체면이 있는 이상 함부로 초대를 거절하기 애매했던 것이다. 그녀의 언행 하나하나가 길드와 가문의 평판과 직결되기에.

"특별 의뢰 얘기는 연회 중에 나온 모양이군요."

"네."

특별 의뢰.

달리 일컫기로는 스페셜 퀘스트(Special Quest).

대체로 공격대 단위, 즉 40에서 100명 사이의 인원이 동원되는 대형 의뢰를 뜻했다. 경우에 따라 차이가 있지만 대체로 파티 단위 의뢰와는 비교할 수도 없을 정도의 난이도를 자랑했다. 물론 그 보상 역시 눈 돌아가는 수준. 뒤따르는 명성과 평판의 가치는 말할 것도 없었다.

하이 리스크 하이 리턴.

그렇기에 간단히 수락할 수 있는 일은 결코 아니었다. 그리고 이를 수락할 권리는 전적으로 공대장에게 있었다. 그럼에도 에스텔 선에서 얘기가 끝났다는 건, 엄밀히 말해 월권행위였다.

'실제로는 전혀 아니지만 말이지.'

라트린 후작가는 길드의 후원자. 후작의 대리인인 에스텔에겐 초법적인 권한이 있었다. 엄밀히 말해 멋대로 공대를 휘두른다고 해도 미안해할 것은 없는 것이었다. 당연히 주어진 권리를 휘두른 것뿐이니 말이다.

그것이 바로 힘의 논리. 세상을 지탱하는 가장 기초적인 토대였다.

물론 그것을 당연하게 받아들이지 않는 인품을 지녔기에 에스텔에 대한 길드 내의 평판이 좋은 것이었지만.

"아가씨께서 그냥 즉흥적으로 결정하셨을 리는 없고, 뭔가 이유라도 있었던 건가요?"

"사실, 이 의뢰 건은 이미 얘기가 끝나 있던 거였어요. 저는 통보만 받은 셈이고요."

"그럼 후작님께서……?"

"네, 큰아버님의 입장에서도 솔깃한 얘기였던 모양이

에요."

헨리에타는 미세하게 고개를 끄덕였다. 엘모 라트린 후작이 뉴 텍사스주에 관심을 둔다는 것쯤은 공공연한 사실이었다.

길드의 명성과 평판은 곧 후원자에 대한 명성과 평판으로 이어진다. 그리고 귀족들이란, 피 튀기는 경쟁을 통해 무료한 삶을 달래고자 하는 성향을 지닌 족속이었다. 그 누구보다도 강하게.

'직접적으로 피땀을 흘리는 건 아랫사람들이지만.'

사실 그렇기에 마음껏 경쟁 성향을 표출할 수 있는 것이리라. 최악의 경우라 해도 귀족 본인이 해를 입지는 않았으니까.

어찌 보면 투견 대회와도 같았다. 자신이 길러낸 개들이 싸우고 승리하는 데서 희열을 느끼는.

'그러면 우리는 귀족의 개가 되는 거려나?'

헨리에타는 고개를 가로저었다. 쓸데없는 감상에 젖어봐야 좋을 것은 없었다. 여하간 분명한 사실은 다음과 같았다.

'라트린 후작은 케르베로스의 영향력을 뉴 텍사스까지 확장할 생각이다. 이번 의뢰는 그 기반을 닦는 작업일 테지.'

일개 공대장이 왈가왈부할 단계는 지나갔다. 까라고 했으니 까는 일밖에 남지 않은 것이었다.

"그래서…… 그 의뢰의 내용은 뭔가요?"

헨리에타의 질문에 대답한 이는 사무원이었다.

"커럽티드 울프 사냥입니다."

제10장
검기 발현(2)

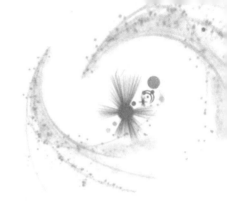

7

　헨리에타는 눈을 깜빡거렸다.

　"커럽티드 울프? B랭크의 그 멍멍이들 말이야?"

　"그렇습니다. 멍멍이 같은 귀여운 표현과는 거리가 멀겠습니다만."

　헨리에타는 맥이 탁 풀리는 기분이었다.

　어떤 난적이 기다릴까 싶었는데, 기껏해야 B랭크의 마수라니.

　그녀의 표정을 본 사무원이 진지한 어조로 말했다.

　"얕잡아 볼 일이 아닙니다, 공격대장님."

"아, 응. 그렇게 보였어? 미안."

"사과하실 필요는 없습니다."

안경을 추켜올린 사무원이 말했다.

"커럽티드 울프 중에서 변종이 탄생한 모양입니다."

"변종이라면…… 엘리트 레벨?"

"네, 이 경우엔 방사능이 아닌 다른 영향이 있었던 것으로 보입니다만."

헨리에타의 표정도 비로소 진지해졌다.

엘리트 레벨 커럽티드 울프라면 최소 BBB랭크. 마스터 브레인과 동급인 셈이었다. 그리고 헨리에타는, 그 마스터 브레인에게 당해 목숨을 잃을 뻔했다. 비록 4인 파티에 불과했던 데다 그린베레 길드 측 전투력이 뒤떨어지는 편이었다고는 하지만 말이다.

'게다가……'

고독한 늑대란 표현이 있기는 하지만, 본디 늑대는 무리를 지어 다니는 동물이다. 그 변이체인 커럽티드 울프 또한 다를 것은 없었다.

마스터 브레인에게 브레인 이터가 있었던 것처럼 엘리트 레벨 커럽티드 울프 또한 동족들을 이끌고 있을 것이 분명했다.

"놈들의 무리는 대충 몇 마리쯤으로 추정되지?"

"참고가 될 만한 건 습격에서 살아남은 생존자들의 증언뿐인지라 정확하다고는 할 수 없습니다만……."

잠시 뜸을 들이던 사무원이 말했다.

"최소 50마리 이상으로 추정됩니다."

"……많구나."

B랭크 마수는 결코 약한 개체가 아니었다. 개인 화기로는 짧은 순간 동안 저지하는 것 이상의 효과를 기대하기 어려웠다. 유효타를 먹이려면 대물 저격총에 준하는 병기가 필요했다.

"그런 녀석들이 어쩌다 시타델 안쪽까지 들어온 거지?"

"아무래도 알폰소 협곡을 경유하여 들어온 것으로 보입니다."

"그러면 우리 책임도 어느 정도 있다는 거네."

에스텔이 납치당했을 당시, 공대장이던 맥빌은 알폰소 협곡의 무허가 촌락들을 공격할 것을 명령했다. 적시운이 마을에 들를 거라는 추측에서였다.

그 결과 상당수의 촌락이 타격을 입었다. 사실상 협곡 내의 커뮤니티가 붕괴된 거라고 봐도 좋았다. 그 일 자체엔 딱히 양심의 가책을 느끼지 않았다. 협곡 내 촌락이라 해봐야 그 본질은 약탈자와 무법자들. 빈말로도 선량하다고는 할 수 없는 인간들이 절대다수였던 것이다.

'다만……'

우습게도 그들이 가진 순기능이 없지는 않았다. 알게 모르게 시타델을 지키는 일종의 방패벽 역할을 해왔던 것이다.

그런 약탈자들이 케르베로스 길드에 의해 와해됐다. 그로 인해 텅 빈 협곡을 커럽티드 울프들이 무사히 통과했다.

사정을 아는 입장에선 뒷맛이 개운치 않을 수밖에.

"뭐, 약탈자 놈들이 멀쩡했더라도 늑대 떼를 막아내진 못했을 것 같지만."

"그리고 중요한 정보가 하나 있습니다만."

"뭔데?"

"아실지 모르겠습니다만, 늑대는 보통 부부가 함께 우두머리로서 기능합니다."

"설마……."

사무원은 고개를 끄덕였다.

"엘리트 레벨 커럽티드 울프는 한 마리가 아닐 가능성이 농후합니다."

"……정말로?"

"네, 시타델 지방 정부 측에서 보내준 자료에 의하면 여느 커럽티드 울프보다 거대한 몸집을 지닌 개체가 두 마리 확인되었다고 합니다."

"그 녀석들이 우두머리 부부라는 거네."

"네, 시타델 측에선 임의로 왕과 왕비로 지칭하고 있습니다."

"아직까진 딱히 사고를 일으키지 않은 모양이지?"

"네, 하층민 부락이 습격받았다는 보고는 없었습니다. 사실 그럴 만도 한 게, 먹잇감이 알아서 찾아와 주었으니까."

"잠깐, 그렇다는 건……."

"공식적으로 확인된 바로는 11개의 파티가 커럽티드 울프 무리에게 당했습니다."

"비공식적으로는 더 많을 수도 있다는 거네."

"네, 하층민 구역엔 스캐빈저와 약탈자들 또한 다수 분포해 있으므로……."

"알겠어."

헨리에타는 에스텔을 돌아봤다.

"아무래도 귀환은 미뤄야 할 것 같습니다, 아가씨. 원하신다면 따로 사람을 붙여드려 세인트 로드까지 에스코트를……."

"특별 취급을 받고 싶진 않아요, 헨리에타 언니, 아니, 공대장님."

에스텔은 결심 어린 얼굴로 말했다.

"여러분에게 폐가 된다는 건 알고 있어요. 하지만 저도 당당히 한 사람의 몫을 해내고 싶어요."

"그렇게 말씀하신다면…… 알겠습니다."

"그럼 저는 공격대원들에게 일괄적으로 문자를 돌리겠습니다."

그렇게 말한 사무원이 책상에 앉았다.

"그럼 저도 먼저 가서 준비해 둘게요."

에스텔은 한결 밝아진 얼굴로 방을 떠났다. 마침내 연회의 구렁텅이에서 벗어났다는 게 못내 기쁜 모양이었다.

"……."

헨리에타는 미묘한 감정에 잠겨 있었다. 겨우 미련을 버리자고 결심했거늘, 한동안 시타델에 더 남아 있게 된 것이다.

'행운…… 이라고 해야 할까?'

그럴 리는 없었다. 그저 의뢰 하나를 맡게 된 것일 뿐. 적 시운과의 접점이란 게 있으려야 있을 수가 없었다.

헨리에타는 그래도 혹시나 하는 마음에 질문을 꺼냈다.

"이 의뢰, 우리 말고 다른 길드들에는 전달되지 않은 거지?"

"네, 현재 시타델 내에는 이 정도 의뢰를 수행할 만한 역량을 지닌 길드가 없습니다."

"위저드리 길드가 있지 않나?"

"현재 출장 임무를 수행 중입니다."

"그렇다면…… 다른 파티나 헌터 집단이 끼어들 가능성은 거의 없다는 거네?"

"네, 자살 충동을 느낀 거라면 혹 모르겠습니다만."

"하긴. 내가 바보 같은 질문을 했구나."

공격대 규모의 B랭크 마수 무리.

원래대로면 정규군을 투입해도 이상할 게 없었다. 지방 정부가 그러지 않는 것은 지금껏 큰 피해가 발생하지 않았기 때문일 터.

'그게 아니라면, 하층민들쯤은 얼마든지 다치거나 죽어도 좋다고 생각하기 때문이겠지.'

발전된 과학, 부족한 물자와 식량, 그리고 신에너지원인 코어의 발견. 이러한 요소들은 인간의 가치를 문자 그대로 수직 하락시켰다.

노동력은 기계로 대체되었다. 음식을 요구하지도 않으며, 매일 8시간 이상 잠을 자야 하지도 않고, 오로지 노동만을 할 수 있는 존재들로.

부유한 인간들은 그로부터 발생하는 향락을 누렸다. 유능한 인간들은 스스로의 힘으로 부를 손에 쥐었다. 마수 사냥이라는 등용문의 존재 덕분이었다.

이능력, 혹은 그에 준하는 유용한 기술과 지식만 있다면 얼마든지 성공할 수 있는 세계였기에.

다시 말해, 그렇지 못한 이들은 버려질 수밖에 없다는 뜻이었다.

하물며 국토 대부분이 초토화되었던 북미 대륙이라면 말할 것도 없는 일이었다.

'괜한 생각을.'

헨리에타는 고개를 저어 상념을 지웠다.

사무원은 그녀를 의아하게 쳐다봤지만, 깊이 관여하지 않고서 해야 할 설명만을 했다.

"물론 멋모르고 다가온 잔챙이들이 휘말릴 가능성은 있겠지요. 하층민 구역엔 넝마주이와 부랑자들이 넘치고 커럽티드 울프는 미끼를 이용한 사냥의 대가이니까요."

"그래."

헨리에타는 그쯤에서 대화를 끝내기로 했다. 이미 공격대 임무가 시작된 것이나 마찬가지. 더 이상 잡생각에 정신을 팔 여유는 없었다.

'추가적인 피해를 막기 위해서라도 하루빨리 놈들을 처리해야 해.'

그녀 또한 하층민 출신. 이능력을 타고나지도 않았고, 천부적인 지능을 지니지도 못했다. 부모는 가난한 농부였고 가계는 하루하루 연명하기가 벅찰 지경이었다.

그런 악조건을 헤치고 나와 여기까지 기어 올라온 그녀였다. 사선을 넘나들며 갈고닦은 저격 능력과 판단력을 무기로 네오 유타주 최고의 길드 중 하나에 가입할 수 있었다.

이제 와서 그 성공 가도를 망칠 순 없었다. 언제 어디서 죽을지 모르는 게 마수 사냥꾼의 삶이라지만, 죽음과 마주하는 순간 직전까지는 치열하게 살아갈 생각이었다.

그녀는 성공해야만 했다.

"늑대들을 해치우는 건 우리 케르베로스 길드가 될 거야."

철컥.

큼직한 철문이 좌우로 열리며 빛이 새어들어 왔다. 한줄기 그림자가 다시금 빛을 양쪽으로 가르며 성큼성큼 들어섰다. 적시운이었다.

"흠."

침입의 흔적은 없었다.

적시운은 실내등을 켜고서 무기를 내려놓았다. 흙먼지로 코팅을 한 저격 소총과 백팩. 이틀가량 커럽티드 울프 무리의 뒤를 추적한 결과였다.

'보통 놈들이 아니었어.'

처음 예상대로 부하들을 불러들였던 놈이 우두머리였다.

놈들은 대형 백화점의 폐허를 거점으로 삼았다. 그곳을 중심으로 반경 수 ㎞ 이내는 놈들의 영역. 거리 곳곳에 널브러진 백골들이 놈들의 전적을 증명해 주고 있었다.

'숫자는 5, 60마리쯤 되어 보였다.'

성체의 숫자만 그 정도. 번식을 시작하면 그 몇 배로 불어나는 것은 순식간일 듯했다.

놈들은 단독 행동은 결코 하지 않았다. 최소 세 마리가 한 조를 이루어 움직였으며, 하울링(Howling)을 통해 원거리의 동료와 의사소통을 했다. 마치 인간처럼.

적시운도 놈들의 영역 깊숙이 진입하진 못했다. 무기가 부족하기도 했고, 놈들이 퍼뜨린 방사능의 영향도 컸다.

평범한 개나 늑대가 분비물을 뿌려 영역 표시를 한다면 놈들의 경우엔 육체에서 흘러나오는 방사능이었다.

[주의. 주의. 인체에 유해한 방사능이 감지됩니다.]

미네르바의 부속 기능인 가이거 카운터가 연신 호들갑을 떨어댔다. 위험이 아닌 주의 단계라면 큰 위협이 되지 않았지만 신중할 필요는 있었다.

'무공으로 버텨낼 수는 없을까?'

그런 생각도 들긴 했으나 아직은 부족하다는 결론이 나왔다. 일단 독공인 천룡혈독공의 성취부터가 걸음마 단계였던 것이다.

'정말 만독불침이 되어도 방사능에 면역이 될지는 둘째 치고 말이지.'

그래서 적시운은 일단 아지트로 돌아왔다. 일단 놈들의 위치와 행동 방식은 파악해 두었으니 남은 일은 준비를 갖추고 싸우는 것뿐이었다.

'대장 녀석이 조금 꺼림칙하긴 한데.'

전투력은 필시 마스터 브레인 이상일 터. 체감 난이도는 꽤나 차이가 날 것이었다.

사실 마스터 브레인과의 전투는 상성상 적시운이 유리했던 덕이 컸다. 놈의 이능력은 적시운과 비슷한 수준. 종류도 하필 적시운의 홈베이스인 염동력이었다. 덕분에 같은 염동력으로 상쇄시킨 후 파고들어 가 천랑섬권으로 마무리하는 게 가능했다.

더불어 랭크 업을 했다는 행운까지 겹쳤기에 가능했던 일. 기존의 BB랭크 상태로 싸웠다면 제법 고전했을 것이다.

반면 커럽티드 울프는 이능력 같은 부수적인 능력을 지니지 않았다. 이는 곧 육체 능력만으로 마스터 브레인의 전투력을 뛰어넘는다는 뜻.

'염동력을 이용해 공략할 여지는 많겠지만……'

무턱대고 정면 승부로 나섰다간 고전할 여지가 컸다. 무엇보다도 천마신공의 성취가 아직 초보적인 수준에 불과했으니 말이다.

"여유를 두고 사냥해도 되겠지만……."

적시운은 핸드폰을 꺼냈다. 마수 사냥꾼 커뮤니티에 접속해 보니, 과연 커럽티드 울프 무리에 대한 이야기가 가장 큰 화제였다.

곳곳에서 들려오는 루머는 물론, 목격자들의 경험담이 인기글 목록의 맨 윗자리를 차지하고 있었다.

적시운이 구해준 블랙 하운드들의 경험담도 언뜻 보였다.

루머의 경우엔 딱히 관심을 두지 않았다. 거짓일 가능성이 높은 데다, 설령 사실이라 해도 큰 도움이 될 만한 정보일 확률이 낮았던 것이다.

여하간 커럽티드 울프가 화제를 독차지하고 있는 것만은 분명한 일. 우물쭈물하다간 선수를 빼앗길 염려가 있었다.

"느긋하게 무공 수련하고 있을 틈은 없다는 거지."

[글쎄. 오히려 이런 때야말로 한 호흡 쉬어가는 것도 방법일 수 있네만.]

천마의 음성이 뇌리에 울렸다.

"그게 무슨 소리야?"

[그 늑대 무리만이 유일한 마수 집단은 아니잖나.]

적시운의 질문을 받은 천마가 설명했다.

[보아하니 그런 마수들이 딱히 희귀한 존재는 아닌 듯하네만.]

그렇기는 했다. 인류의 수십 배에 이르는 숫자와 그 이상의 번식력을 지닌 게 마수라는 존재였으니까.

"흐음."

적시운은 팔짱을 낀 채 생각했다.

"그러니까, 일단은 힘부터 기르자는 거지? 굳이 벌써부터 리스크를 짊어지고 싸울 필요 없이 말이야."

[그렇다네.]

"웬일로 당신이 신중론을 펼치는 거지?"

[그냥 이런 방법도 있다고 조언하는 것일세. 그 외에는 상황을 주시하는 방법도 있긴 하지.]

"상황을 주시한다라……."

[비다가 적절한 운과 상황만 따라준다면 어부지리를 취할 수도 있을 것이네.]

"어부지리라니?"

[경쟁자들이 힘을 빼놓았을 때 튀어나가 결정타를 먹이는 거지. 자네 세계의 방식으로 표현하자면 막타라고 할 수 있겠군.]

"……하."

[그런 후에는 코어와 돈이 될 만한 것들을 챙겨 빠져나가는 걸세. 자네 세계의 표현 방식으로는 먹튀라 하던가?]

적시운은 헛웃음이 나올 것 같았다.

"천마씩이나 되는 양반이 막타 치고 먹튀 하자는 얘기를 아무렇지도 않게 하는군."

[자네는 본좌가 아니잖나.]

"뭐, 그렇기는 하지만……."

꾸르르륵.

배 속에서 요란한 소리가 났다. 이틀 내내 건육만으로 끼니를 때운 탓에 뱃가죽이 등허리에 닿을 지경이었다.

"일단은 배부터 채우고 나서 생각해야겠어."

음식은 냉동식품과 인스턴트 면류가 전부. 그래도 훈제 건육과 야생 열매로 연명하던 때에 비하면 진수성찬이었다.

냉동식품을 조리할 기구들도 갖춰진 상태. 적시운은 냉동만두를 전자레인지에 돌리고 커피포트로 물을 끓였다. 얼마 지나지 않아 식욕을 자극하는 구수한 냄새가 아지트 안을 가득 채웠다.

[참으로 편리한 소면이군. 조리할 필요 없이 물만 부으면 된다니. 하지만 그리 질이 좋지는 않군. 면발과 국물 전반에 탁기(濁氣)가 흐르고 있어.]

"대단한 미식가 납셨군."

[음식 섭취 또한 수련의 일부분이네. 정갈하고 고른 기운을 지닌 음식을 섭취할수록 내공 또한 정순해지는 법이지.]

"그건 당신네 세계에서나 통하는 거고, 여기선 제대로 된 음식을 구하는 것부터가 사치야."

[그 점엔 동의하네. 이 세계는 대기부터 시작하여 거의 모든 환경이 변질되어 있더군. 만년삼은커녕 하수오를 구하는 것조차 쉽지 않겠지.]

"……."

[한데 왜 그리 울적해하나?]

"그냥."

적시운은 컵라면 용기에 물을 붓고도 한참을 멍하니 있었다.

[그러고 보니 자넨 그 소면을 그리 좋아하지 않았었지.]

움찔한 적시운이 미간을 찌푸렸다.

"이젠 남의 과거까지 엿보는 건가? 천마라는 호칭이 울겠군."

[어쩔 수 없지 않나. 본좌는 자네의 무의식 안에 기생하는 사념인 것을.]

적시운은 나직이 한숨을 쉬었다. 저렇게 나오니 뭐라 따질 기운도 나지 않았다.

"망할 망령."

적시운은 기름기가 번들거리는 라면 국물을 응시했다. 천마의 말마따나 그는 그다지 인스턴트 면류를 좋아하지 않았다. 그래도 편의점이나 슈퍼에 들를 땐 으레 라면을 챙겨

넣고는 했었다. 그를 제외한 세 여성의 기호품이 컵라면이었기에.

"라면 사 왔어?"

"어."

일종의 정기 행사랄까. 피로한 몸을 끌고 집에 도착하면 여동생은 그 질문부터 던지고는 했다.

"왜 세 개뿐이야? 오빠 거는?"

"입맛 없어."

"그래도 배는 든든해야지. 조금 기다리렴."

앞치마를 두르고서 부엌으로 향하는 어머니. 마지막은 으레 누나의 차지였다. 대체로 베란다에서 빨래를 걷다가 얼굴만 쏙 내밀고는 했다.

이어지는 식사 자리.

적시운의 앞에 놓이는 것은 유전자 변형이 조금도 가해지지 않은 음식들이다. 다른 음식에 비해 비싼 편이었지만 어머니는 한사코 이것만을 고집하셨다.

"다 먹고살자고 하는 짓 아니겠니."

약간은 퉁명스러운 대답. 하지만 적시운은 그 이면에 깔린 어머니의 속마음을 잘 알았다.

"남매 사이에 어쩜 이리 입맛이 다를 수 있나 몰라."

"오빠는 초딩 입맛이라 그래."

놀리듯 말을 주고받는 누나와 여동생의 속마음 또한.

공무원으로서의 급료가 그리 넉넉한 편이 아니라는 점을 생각한다면 그녀들의 라면 사랑이 의미하는 바는 분명해지는 것이었다.

그녀들이 저 너머에 있었다. 머나먼 바다 건너 수만 ㎞ 떨어진 곳, 적시운이 돌아가야 하는 자리에.

"역시, 마냥 한곳에 틀어박혀서 수련하는 건 내 성미에 안 맞아. 기왕 할 거라면 조금이라도 더 빠른 길을 택하겠어."

[그런가.]

"경쟁자가 나타난다고 해도 내가 불리할 것은 하나도 없잖아? 어쩌면 당신 말대로 막타나 먹튀를 노릴 수도 있는 거고."

[음.]

"뭐, 당신한테 주절주절 떠들어 봐야 의미 없는 일이지만."

적시운은 식어가는 라면 용기를 집었다. 젓가락이 없어 포크로 면발을 떠서는 입안으로 가져갔다. 조금 짰지만 그럭저럭 먹을 만은 했다.

배를 채우고 나니 머릿속이 한층 명료해지는 느낌이었다.

적시운은 큼직한 2절지를 벽면에 걸곤 앞서 정찰했던 지역의 지형을 대략 그려 넣었다.

중심이 되는 곳은 폐허가 된 백화점. 그곳을 기점으로 동서남북 각 방향에 초소로 쓰이는 건물을 하나씩 두었다. 가히 인간 부럽지 않은 수준의 거점 구축.

커럽티드 울프들은 예상보다도 영리했다. 2마리, 혹은 3마리가 반드시 한 조를 이루어 움직였으며, 지정된 탐색 범위를 벗어나지 않았다.

의사소통 수단은 하울링과 체취. 방사성을 띤 체액을 사방에 뿌림으로써 놈들은 위치와 움직임을 동족에게 알릴 수 있었다.

[평균적인 성체의 몸길이는 2m 내외, 몸무게는 220㎏ 내외입니

다. 몸체에서 발산하는 방사능 레벨은 시간당 1,200mSv입니다.]

혈액 내 림프구 감소 등의 영향을 미치는 수준. 접근하는 것만으로도 세포 단위에서 육체가 타격을 입을 것이다.

"보호복이 필요하기는 한데."

문제는 보호복을 장비했을 시 기민하게 움직이기 어렵다는 점이었다. 물리적 타격에 대한 방어 능력이 전무하다는 점도 문제였다. 놈들의 이빨이나 발톱이 스치기만 해도 간단히 찢겨 버릴 터.

"최대한 거리를 유지하며 싸우는 게 최선이겠지."

지난번의 마스터 브레인과는 달리 상성이 그리 좋지 않았다.

그러나 그 점이 적시운의 승부욕을 자극했다.

[편한 적만 골라가며 상대해서 강해진 고수는 일찍이 없었네. 힘은 곧 역경 끝에 맺히는 과실과도 같거든.]

"그쯤은 나도 알아."

적시운은 휴대폰을 들어 작센에게 연락했다.

"혹시 그쪽에서 나한테 물건을 판매할 수도 있어?"

―뭔가 원하는 거라도 있소?

"방사능 보호복이 필요해. 되도록 튼튼하고 움직이기에도 편한 걸로."

작센은 구입에 대한 이유나 동기에 대해 묻지는 않았다. 그저 특유의 사무적인 어조로 중얼거릴 따름이었다.

—흔한 물품은 아니로군.

"구하기 어렵겠어?"

—기간틱 아머 중에도 납 방호 코팅이 된 물건들이 있긴 하오만.

"아머가 필요한 게 아니라서. 없으면 됐어. 다른 곳을 알아보지."

—잠깐.

무심하게 말하고 끊으려니 작센이 황급히 말했다.

—기다리시오. 방호복쯤은 물론 구비해 두고 있소.

"그렇다면 다행이고. 자꾸 말을 돌리기에 없는 줄 알았지 뭐야."

—다른 옵션들을 추천해 드린 것뿐이오. 내구도 좋고 움직이기 편한 물건으로 준비해 두겠소.

"좋아. 내일 오전 중에 찾으러 가지."

통화를 끝낸 적시운은 저격 소총과 탄환, 클레이모어와 수류탄을 챙겼다.

마스터 브레인을 상대하던 때와는 정반대의 상황. 상성을 생각해 보면 요점은 결국 거리 유지였다.

물론 접근전의 가능성 또한 충분히 염두에 둘 필요가 있었다.

보호복은 어디까지나 임시방편일 뿐. 일단 접근을 허용하면 파손을 피할 수 없다고 보는 게 옳았다.

그 이후에 남는 것은 결국 육체, 그리고 천마신공뿐이다. 그중에서도 관건은 역시 천룡혈독공이었다.

"방사능도 어떤 면에선 독과 닮아 있기는 한데……."

피폭 증상을 요약하자면 결국 세포 단위의 육체 붕괴라 할 수 있었다. 약하게는 백혈구 및 혈소판의 감소, 강하게는 종양 생성 및 감염과 출혈.

중독 증세 또한 독의 종류에 따라 천차만별이니, 넓은 범위에선 방사능 또한 독물로 분류할 수 있을지 모른다. 그렇다면 천마신공의 세부 독공인 천룡혈독공을 통해 면역력을 기를 수도 있을 터.

"그러고 보니 말인데. 독공 수련은 보통 어떻게 하는 거지?"

적시운의 질문에 천마는 잠시 침묵했다.

[간단하네. 고뿔을 치료하는 방법의 연장선상에 있지.]

"고뿔이라면, 감기 말인가?"

[그렇다네.]

"그러니까…… 일단 중독되어야 한다고?"

[그렇다네.]

적시운은 미간을 찡그렸다.

"지금 그걸 방법이라고 말하는 거야?"

[천룡혈독공은 천마신공의 세부 무공 중에서도 십법인 천마결과 가장 밀접한 관계를 지니고 있네.]

천마는 장난기 없는 어조로 말했다.

[체내에 침투한 독기를 내공을 통해 정화하는 과정에서 독기에 대한 방어 기질이 생겨나게 되지. 그러한 천마결의 묘리가 결국은 천룡혈독공의 요체일세.]

"항원에 대한 항체가 생겨나는 것처럼 말이군. 한데 그러다 죽으면 말짱 꽝 아닌가?"

[그러니까 양 조절을 잘해야 하는 것일세. 너무 적으면 면역 체계가 자리 잡는 데에 시간이 오래 걸리고, 너무 많으면 몸이 버텨 내지 못해 죽음에 이르지.]

"그렇다면……."

적시운은 팔짱을 끼고서 중얼거렸다.

"방사능에 대해서도 같은 식의 수련이 가능하다는 거야?"

[그건 확답하기 힘들겠군. 본좌는 자네가 말하는 독기를 경험해 보지 못했으니.]

"도움이 안 되는군."

어쨌든 한 가지는 확실해졌다.

"어느 쪽이 되었든 일단 부딪쳐 봐야 알 수 있다는 거지."

케르베로스 길드 소속 제3공격대.

커럽티드 울프 토벌대의 레이드 준비는 차질 없이 이루어지고 있었다. 그레이트 샌드웜 사냥을 위해 세인트 로드에서 가져온 물자와 자재는 충분하다 못해 넘쳐 나는 수준. 설령 부족한 게 있더라도 시타델의 마켓에서 충당하면 그만이었다.

공대원들의 컨디션 또한 최상이었다. 휴식도 취할 만큼 취했겠다, 샌드웜 사냥도 성공적이었겠다, 사기가 떨어질 요인이 없었던 것이다.

물론 그 과정에서 맥빌이 죽었다지만 그 일을 마음에 두는 사람은 딱히 없었다.

"오만한 소리나 지껄여 대는 그 낯짝을 뭉개 버리고 싶었던 적이 한두 번이 아니니 말이야."

전투 수송선 노르망디의 선장인 다임백이 말했다.

"공대원들도 대부분 잘된 일이라고 생각하고 있을걸세. 설령 불만을 가진 사람이 있더라도 최소한 겉으로는 표출하진 않을 테지."

"저만 잘하면 된다는 얘기네요."

"뭐, 딱히 그렇게까지 긴장할 필요는 없지 않겠나? 수적으로나 질적으로나 이쪽이 꿀릴 것도 없는데.”

“그렇긴 하죠.”

“다들 자네를 충실히 보조해 줄 테니 너무 염려 말게. 그 보다, 손님이 온 것 같네만.”

“……?”

다임백이 뒤편을 가리켰다. 고개를 돌린 헨리에타의 얼굴이 절로 일그러졌다.

“당신은…….”

“제때 맞춰 찾아온 모양이군.”

에메랄드 시타델 정부 소속 특무요원, 매카시가 냉랭한 어조로 말했다.

8

“무슨 일이시죠?”

헨리에타의 어조에 절로 날이 섰다. 앞서 만난 것은 단 한 번뿐. 그런데도 위험하다는 느낌이 뇌리를 후벼 팠다. 본능이라고밖에는 표현하기 힘든 그런 감각이었다.

“얘기를 전해 듣지 못하신 모양이군.”

매카시는 특유의 감정 없는 얼굴로 말했다.

“백작님께서 나를 이번 토벌의 참관인으로 임명하셨소.”

"참관인이라고요?"

"그렇소. 문자 그대로 토벌을 참관하는 임무를 맡았지."

감시가 아니라?

그렇게 쏘아붙이고 싶은 헨리에타였으나 이내 말을 입속으로 삼켰다.

거짓말을 한 게 아니라면 매카시는 오스카 백작의 대리인인 셈. 그런 그에게 날을 세운다는 것은 곧 시타델 전체를 적대하는 것이나 마찬가지였다.

소속 없는 무적자라도 저어될 일일진대 공격대의 리더라면 말할 것도 없었다.

'당장의 자존심은 치워둬야겠지.'

헨리에타는 한숨을 참으며 눈을 내리깔았다.

"지난번의 언사는 사과드리죠. 기분 나쁘셨다면 죄송해요."

"신경 쓰지 않소. 그보다 대략적인 토벌 계획에 대해서 듣고 싶소만."

"따라오세요. 가면서 말씀드리죠."

이튿날 아침.

적시운은 인적 드문 공터에서 작센과 조우했다.

방사능 보호복은 전체적으로 갑옷 형태를 갖추고 있었다. 어찌 보면 기간틱 아머의 소형판이라 볼 수도 있을 법한 외관.

작센이 특유의 사무적인 어조로 소개했다.

"아머 타입 방호복이오. 기간틱 아머에 비해 가볍고 기민한 행동이 가능하지. 더불어 상당한 수준의 방어력 또한 제공하오."

"상당한 수준이라면, 어느 정도지?"

"글쎄. 아마도 어지간한 짐승의 발톱쯤은 막아내지 않을까 싶소만."

미묘한 뉘앙스의 대답이었다.

'내 사냥 목표를 알고 있다는 건가.'

혹은 그냥 어림짐작으로 맞힌 것인지도.

어느 쪽이 되었든 그의 눈썰미가 보통이 아니란 점은 확실했다. 그리고 이와는 별개로, 작센이 대령한 보호복은 적시운의 마음에 꽤나 들었다.

"그리고……."

작센이 흰색 상자를 내밀었다. 척 봐도 구급상자라는 것을 알 수 있었다. 열어보니 과연 갖가지 종류의 약품이 구비되어 있었다.

"이건……."

"방사능 피폭 효과를 억제하는 약품들이오. 서비스라고 생각하시오."

"싸구려 장삿속은 차리지 않는다더니?"

"전에도 말했듯, 미래를 위한 투자일 뿐이오."

"좋아. 주는 걸 굳이 마다할 필요는 없겠지. 당신이 내 편이라는 전제하에서는."

"장물아비에게 편 따위는 존재하지 않소. 고객인 자와 고객이 아닌 자가 존재할 뿐."

"그래서, 나는 고객이라는 건가?"

"그렇소. VIP의 잠재성을 지닌."

"높게 평가해 줘서 고마운걸."

적시운은 아머 타입 방호복을 착용했다. 외관보다도 움직임이 편한 게, 과연 작센이 제대로 된 물건을 구했다는 것을 실감할 수 있었다.

마지막으로 산양의 머리 형태를 닮은 금속제 방독면을 장비했다. 우려했던 것보다 시야가 깨끗했다.

"착용감은 좀 어떻소?"

"생각보다 좋은데? 잘 쓰지."

"그럼 건승을 빌겠소."

공터를 나선 적시운은 커럽티드 울프의 본거지로 향했다.

기본 장비는 저격 소총과 7.62㎜ 탄환 400발. 그 외 4개의 클레이모어와 8개의 수류탄을 추가로 챙겼다.

마지막으로 근접 병기로서 맥빌의 이온 블레이드를 허리춤에 꽂아둔 상태. 되도록 근접전을 피할 생각이었지만, 세상일은 계획대로만 돌아가진 않는 법이었다.

'우선은 저격 포인트를 잡는다.'

저격 포인트로는 시야가 탁 트인 고지가 제격이었다.

'20층 이상의 고층 건물이라면 좋겠지만…….'

백화점 근방의 건물은 대부분 10층 미만의 높이였다. 어쩌면 이를 감안하고서 이곳을 근거지 삼은 것인지도 모르겠다는 생각이 들었다.

적시운은 서쪽에서 백화점을 향해 접근해 들어갔다. 물론 그 전에 처리해야 할 것들이 있었다.

우선적으로는 네 방향에 자리 잡은 초소들. 아무리 진화했다고 해도 결국은 늑대들인지라 초소 내부에 자리를 잡고서 주변을 관측하지는 않았다.

초소라는 것은 어디까지나 임의로 붙인 이름일 뿐. 정확히는 일종의 거점이라 보는 게 옳았다. 놈들이 그 네 곳을 중심으로 정찰을 돌았으니 말이다.

'그 점이 의문이란 말이지.'

족히 50마리 이상의 마수가 있다면 먹어치우는 양도 어마

어마할 것이다. 풀을 뜯어 먹는 게 아닌 바에야 하루에만 최소 두 자릿수의 인간을 습격해야 연명할 수 있다.

한데 놈들은 본거지인 백화점과 그 근처를 크게 벗어나는 일이 없는 듯했다. 그저 주기적으로 순찰을 돌며 경계만 할 뿐이었다. 마치 그곳을 지키려는 양.

'백화점 내부에 뭔가가 있다는 건가.'

적시운은 그쯤에서 추리를 멈췄다. 주어진 정보를 통해 알 수 있는 사실은 이 정도가 한계. 나머지는 직접 헤집어 열어 알아보는 수밖에 없었다.

철컥.

적시운은 노리쇠를 당겼다. 백화점의 서편, 놈들의 서쪽 초소가 내려다보이는 폐건물의 옥상이었다. 주머니에서 Y자형 거치대를 꺼내어 바닥에 박았다. 철근을 녹여 만든 것이었다. 총열을 그 위에 얹고 스코프 너머를 주시했다.

"……."

마침 세 마리의 늑대가 초소 근방을 배회하고 있었다. 조금 전에 식사를 끝마친 듯 아가리 부근의 털이 붉게 물든 채였다.

십자선이 늑대의 머리에 오도록 조준했다. 지난번 전투 이후 영점을 조정해 두었기에 조준이 빗나갈 일은 없었다.

무영흡을 통해 육체의 미동을 완전히 없앴다. 그리고 방아쇠를 당겼다.

탕—!

총성이 먼 방향까지 메아리쳤다. 아마 백화점 위치에 있던 늑대들 또한 소리를 들었을 터. 소음기는 일부러 달지 않았다. 어디까지나 놈들을 유인하는 것이 목적이기 때문이었다.

탄환은 커럽티드 울프의 머리를 관통했다. 즉사하지 않고서 한동안 몸을 비척거렸는데, 결국은 푹 고꾸라져선 다시는 일어서지 못했다.

크르르르!

동료의 죽음을 확인한 나머지 두 마리가 재빨리 흩어졌다. 엄폐물을 찾아 숨어드는 것이 어지간히 숙련된 헌터보다도 날렸다.

'내 위치는 알아냈을까?'

놈들의 후각은 일반적인 개나 늑대를 훨씬 상회한다. 화약 냄새를 쫓아 적시운의 위치를 가늠하는 것도 가능할 터. 과연 놈들은 엄폐물 사이사이로 이동하며 적시운의 위치로 접근하고 있었다.

'다른 놈들은?'

적시운은 스코프에서 눈을 떼고 주변을 살폈다. 백화점 쪽으로부터 일련의 커럽티드 울프 무리가 쇄도하는 중이었다.

탁 트인 거리 위로.

적시운은 그쪽을 향하여 총구를 돌렸다.

탕!

두 번째 탄환은 아슬아슬하게 커럽티드 울프의 어깻죽지를 관통했다. 충격에 바르르 떨던 커럽티드 울프가 이내 다시 질주하기 시작했다. 급소를 노리지 않는 한은 쉽사리 제압당하지 않는다는 의미. 사지를 노리는 것은 크게 의미가 없는 듯했다.

탕! 탕! 탕! 탕!

적시운은 잇달아 저격을 가했다.

첫 탄알집이 비었을 때쯤 두 마리의 커럽티드 울프가 바닥에 고꾸라져 있었다.

그사이 엄폐한 채 접근하던 커럽티드 울프들이 폐건물 입구까지 도달했다.

적시운은 근처의 기둥을 붙들었다. 이윽고 몰려올 진동을 버티기 위함이었다.

타다다닥!

커럽티드 울프들이 하나뿐인 계단을 타고 올라오는 게 감지됐다. 네 다리로 계단을 오르는 게 여의치 않을 것 같은데, 놈들은 거의 날아가는 수준의 속도를 보이고 있었다.

'하지만 조심성은 없다는 거지.'

콰과과광!

하층으로부터 강렬한 진동이 전달됐다. 계단에 설치해 둔 소형 클레이모어가 격발된 여파였다. 위력을 약하게 조절해 둔 만큼 건물이 무너질 정도의 후폭풍이 일어나진 않았다. 하지만 커럽티드 울프들을 곤죽으로 만들기엔 충분했다.

진동이 멎자마자 적시운은 저격을 재개했다.

탕! 탕! 탕!

커럽티드 울프들이 허겁지겁 엄폐물을 찾아 기어들어 갔다. 일단은 소강상태에 접어들었다고 봐도 좋을 듯했다.

'여기서 오는 족족 처치하는 게 베스트이긴 한데.'

놈들도 머리가 있는 이상 무턱대고 전부 몰려들진 않을 것이다.

결국은 적시운이 가는 수밖에 없다.

'슬슬 움직일 때도 됐지.'

적시운은 염동력으로 몸을 띄웠다. 근처의 또 다른 고층 건물로 이동하기 위함이었다.

먼 곳으로부터 굉음이 들려온 것은 바로 그때였다.

부우우웅……!

대형 비행선이 항행하는 소리.

적시운의 정반대편이라 할 수 있는 백화점의 동쪽으로부터 비행선이 접근하고 있었다.

"저건……."

어딘지 모르게 익숙한 외관.

적시운은 미간을 찡그렸다.

"아직 여길 떠난 게 아니었나?"

케르베로스 길드. 아마도 제3공격대였던가?

어찌 됐거나 좋지 않은 징조였다. 저들이 이곳에 나들이나 하러 온 것은 아닐 테니까.

비행선은 초소를 무시한 채 곧장 백화점을 향해 날아가고 있었다. 그 의도가 무엇일지는 굳이 추측할 필요도 없었다.

[오히려 이쪽이 먹잇감을 빼앗기게 생겼군.]

"그렇게 되도록 둘 것 같아?"

쏘아붙이듯 대꾸한 적시운이 백화점 방향으로 몸을 날렸다.

[너무 서두르지는 말게. 저들이 다수라고는 하나 결코 압도적이라고는 볼 수 없으니.]

그 점은 적시운 또한 동감하는 바였다. 비록 4명뿐이었다지만 마스터 브레인에게 속수무책으로 당했던 것만 봐도 그러했다.

'4명과 40명은 분명 차이가 있긴 하지만.'

더불어 백업 팀의 지원까지 받을 테니 그레이트 샌드웜을 사냥하던 때에 버금가는 전력을 보여줄 터였다.

'그렇다면 남은 변수는······.'

백화점 내부에 무엇이 도사리고 있는가.

바로 그것이었다.

헨리에타는 비행선 노르망디의 함교에 서 있었다. 공격대장의 입장이 되었기에 1차 투입조에는 포함되지 않았다. 일단은 후방에서 대기하며 상황을 조율하는 것이 공대장의 임무. 그걸 잘 알고 있었지만, 헨리에타로선 역시 낯설 따름이었다.

'그 남자도 마음에 걸리고.'

시타델 지방 정부 소속 특무부원, 매카시. 그는 자신의 임무가 참관이라고 했다. 실제로 행정부에서 보내온 서류에도 그렇게 나와 있었고.

'하지만······.'

어딘지 모르게 찝찝했다. 무엇보다 그자의 능력이나 위상부터가 참관인과는 거리가 있었던 것이다.

서류에 따르면 그는 A랭크의 뇌전술사. 시타델을 넘어 뉴텍사스주 전체를 통틀어서도 최고 수준의 전투 요원이라 할 수 있었다.

그런 자가 고작 참관 임무에 투입되었다?

'임무가 참관뿐만이 아니라는 뜻이란 거잖아?'

바보가 아닌 바에야 누구라도 알 수 있는 사실이다. 그럼에도 아닌 척 시치미를 떼고 있다는 점에서, 시타델 정부가 케르베로스 길드를 바보 취급하고 있다는 사실을 알 수 있었다.

'혹은 나를 바보 취급하는 것이든지 말이지.'

뭐가 되었든 기분 좋은 일은 아니다. 그리고 기분과 별개로 이래저래 찝찝할 수밖에 없었다. 내부에 적을 심어둔 듯한 기분. 이번 일이 단순한 마수 토벌이 아닐지도 모르겠다는 생각이 강하게 들었다.

"공대장님, 이제 곧 백화점 상공입니다."

오퍼레이터의 보고에 헨리에타는 상념에서 빠져나왔다. 그녀는 통신용 마이크에 입을 가져갔다.

"투입조의 컨디션은 어때?"

─당장에라도 싸우고 싶어서 다들 안달이 나 있어.

투입조장인 밀리아의 대답이었다. 그녀 또한 나름대로 승진을 한 직후였기에 목소리에 활기가 넘쳤다.

"단순 전투가 목적이 아냐. 우선은 내부 상황부터 파악하는 데에 주력하도록 해."

─예엡.

헨리에타는 고개를 들었다. 정면의 대형 모니터에 지상의 모습이 비쳤다. 다수의 커럽티드 울프가 옥상으로 몰려들어 상공을 향해 짖어대고 있었다. 마치 올 테면 와보라는 듯.

'엘리트 레벨 커럽티드 울프는……?'

9

제법 위협적인 편이라지만 커럽티드 울프는 어디까지나 일개 마수일 뿐, 정말로 주의해야 할 것은 엘리트 레벨의 개체였다. 최소한도로 잡아도 BBB랭크에 필적하는 전투력. 동급 마수인 마스터 브레인에게 파티가 전멸했던 것을 생각한다면 각별한 주의가 필요한 것도 당연했다.

'게다가……'

이번 토벌은 의문점이 많았다. 시타델 행정부 측의 움직임은 물론, 커럽티드 울프 무리 자체에도 말이다.

"……"

헨리에타는 슬쩍 고개를 돌렸다.

학교의 뒤편, 계단과 근접한 벽 쪽에 그 남자가 서 있었다. 시타델 측이 파견한 참관인, 특무요원 매카시.

헨리에타의 시선을 느낀 듯 그가 고개를 돌렸다.

"뭐 필요한 거라도?"

"물어보면 대답해 주실 건가요?"

"대답할 수 있는 질문이라면 얼마든지 해드리지."

"좋아요."

헨리에타는 단도직입적으로 물었다.

"저 백화점 안에 무엇이 있죠?"

"커럽티드 울프들이 있겠지. 굳이 물어볼 것도 없는 질문인 것 같소만."

"그것들에 대해 물은 게 아니라는 것도 알고 계실 텐데요?"

매카시는 어깨를 으쓱했다.

"미안하지만 그 이상의 정보는 알고 있지 못하오."

"말하기 싫은 게 아니라요?"

"왜 그렇게 생각하시는지 의문이로군."

"그야 당연히……."

헨리에타는 입을 다물었다. 이런 식으로는 하루 종일 떠든다고 해도 답이 나오지 않을 터였다. 게다가 무엇보다도 노르망디는 이제 목표한 강하 지점을 앞두고 있었다. 이 마당에 매카시와 선문답을 하는 건 공대장으로서 실격인 일이었다.

"풍향과 세기는?"

"초속 2m의 동풍. 미약한 바람만이 불고 있습니다."

"좋아. 그럼 곧장 강하를 시작하도록 해."

"그렇게 전하겠습니다."

오퍼레이터가 투입조에 명령을 하달했다.

철컹!

투하용 철문이 좌우로 활짝 열렸다. 밀리아를 포함한 1차 투입조가 그 너머로 몸을 날렸다.

'놈들의 반응은······?'

커럽티드 울프들은 더 이상 짖지 않았다. 그저 자세를 숙인 채 상공의 침입자들을 올려다보고 있을 따름이었다. 마치 떨어지는 먹잇감을 기다리듯.

조금이라도 당황할 거라 기대했던 사냥꾼 측이 오히려 당혹스러워지는 반응. 마치 그들의 행동이 예상 범위 내라고 말하는 듯했다.

"엄호 사격을."

헨리에타의 명령에 오페러이터가 움찔했다.

"자칫하면 공대원들이 피격당할 수도 있습니다만······."

"놈들에게 요격당하는 것보단 탄환 몇 발 스치는 게 나아."

그 순간 커럽티드 울프 한 마리가 허공으로 솟구쳤다. 서이 10㎜ 가까운 높이를 뛰어오르는 경악스러운 점프력. 가장 먼저 떨어지던 기간틱 아머가 팔을 물렸다.

"크윽!"

당황한 아머 조종사가 급히 총구를 들이밀었다. 그러나 커럽티드 울프가 앞발을 뻗어 팔을 눌렀다.

투다다당!

애먼 방향으로 튀는 탄환들. 자칫하면 같은 공대원을 싹 갈길 수도 있는 위험한 상황이었다.

"어서!"

헨리에타의 외침에 오퍼레이터가 황급히 명령을 하달했다.

"지상을 향해 엄호 사격을."

투다다다다!

노르망디의 양익에 설치된 미니건이 불을 뿜었다. 연이어 솟구쳐 오르려던 커럽티드 울프들이 탄환을 피해 흩어졌다.

다행히 나머지 1차 투입조는 무사히 바닥에 착지했다. 습격당했던 기간틱 아머는 커럽티드 울프와 뒤엉킨 채 바닥에 충돌했다.

"똥개 주제에 건방지게!"

돌진해 들어간 밀리아가 대검을 크게 휘둘렀다. 10kg의 대검은 B랭크 마수의 몸뚱이조차 쩍 갈라 버렸다. 뼈가 드러날 정도로 등이 갈라지고 나서야 커럽티드 울프가 떨어졌다. 잔뜩 흥분한 기간틱 아머 라이더가 그 아가리에 총구를 처박았다.

타다다당!

"뒈져!"

탄환이 두개골을 부수고 튀어나왔다. 어지간한 괴물이라 해도 즉사를 면하기 힘든 타격. 그런데도 라이더는 계속해서 총을 갈겨댔다.

결국 밀리아가 대검의 면으로 총구를 쳐 냈다.

"멍청이! 벌써부터 아까운 총알을 낭비해서 뭘 어쩌잔 거야!"

"큭."

"나나 헨리에타의 명령 없이는 멋대로 총 쏴 갈기지 마! 불복한다면 네놈 대갈통부터 쪼개 버릴 테니. 알겠어?"

"아, 알겠다."

"초짜처럼 겁이나 집어먹어서는."

차갑게 쏘아붙이고 나서야 검을 회수하는 밀리아. 기간틱 아머 라이더는 울컥했으나 그녀의 말에 반박하진 못했다. 스스로 생각해 봐도 꼴사나운 모습이었다.

밀리아는 통신기에 대고 보고했다.

"전원 착지에 성공했어. 이제 어떻게 할까?"

- 옥싱의 거럽티드 울프들은?

"싹 달아났어. 날래기 짝이 없는 놈들인걸."

-일단 아래층으로 이동하도록 해. 계단이 붕괴될 가능성이 높으니 층간 이동에 주의하고.

"그러죠, 공대장님."

통신을 끝낸 밀리아가 대검으로 공대원들을 가리켰다.

"그쪽의 둘이 척후를 맡아. 나머지는 본대가 되어 10m 떨어진 채 이동한다. 척후들은 낌새가 이상하다 싶으면 바로 뒤로 빠지고."

날렵한 몸놀림의 근접 딜러 두 명이 척후가 되고, 기간틱 아머와 나머지 공대원 순으로 뒤를 따르는 구성. 헨리에타의 말마따나 층간 이동 간의 낙반을 방지하기 위한 방편이었다.

"그럼 바로 이동한다. 죽고 싶지 않걸랑 경계를 철저히 하도록 해."

같은 시각.

적시운은 백화점을 100m 남짓 앞둔 위치에 서 있었다. 커럽티드 울프와의 조우는 없었다. 처음 적시운 쪽으로 뛰어온 놈들을 제외하고는 죄다 백화점에 틀어박힌 모양이었다.

적시운을 잡으러 왔던 놈들도 뒤따라오는가 싶더니 정작 적시운을 홱 앞질러선 백화점 안으로 귀환했다. 그 와중에 저격으로 한 놈을 잡았는데도 무시하고 갈 정도. 강력한 힘을 지닌 명령을 받았다는 의미였다.

"필시 우두머리가 내린 명령이겠지."

적시운은 시선을 올렸다. 백화점보다 낮은 위치에 있었기에 옥상 위의 상황이 자세히 보이진 않았다. 다만 총성이 들려온 걸로 봐선 교전이 있었음을 추측할 수 있었다.

이로써 정황이 확실해졌다.

'놈들도 늑대 사냥을 하러 왔다.'

아마도 옥상으로 강하한 후 침투하려는 작전인 듯했다. 비행 수단을 지닌 입장에선 가장 무난하고 효과적인 전술이었다.

'그렇다는 건……'

위쪽 방어에 비해 아래쪽 방어는 허술해질 수밖에 없다는 뜻.

적시운으로서는 호재라고 볼 수 있었다.

'좋아.'

적시운은 망설이지 않고 건물 아래로 내려섰다. 백화점 내에선 원거리 저격 위주의 전투를 펼치기 힘들 테지만, 다른 뾰족한 수가 있는 것도 아니었다.

무엇보다 바깥에서 손가락만 빨다가 사냥감을 놓치긴 싫었다. 그 대상이 누가 되었건 간에.

적시운은 무영흡을 유지한 채 걸음을 옮겼다. 무형무취를 이루는 경지에까진 이르진 못했지만 기척을 숨기는 데 있어선 큰 도움이 될 터였다. 위에서도 침입자들이 나타난 상황이라면 더더욱.

큼직한 발톱에 할퀴어지기라도 한 것처럼 갈라진 벽면. 적시운은 그 사이로 걸음을 내디뎠다.

광활히 펼쳐진 어둠. 그 사이로 희미하게 내리꽂히는 빛줄기들이 적시운을 맞았다. 큼직한 홀로 쓰였던 듯한 공간이었다. 대부분 초토화되어 쓸 만한 물건은 하나도 남아 있지 않았다. 중간 부분이 끊어져 버린 에스컬레이터의 모습이 을씨년스러웠다.

사박.

적시운은 걸음을 내딛다가 흠칫했다. 모래나 다름없는 부스러기를 밟았을 뿐인데도 요란한 소음이 나는 것 같았다. 그만큼 주위가 정적에 휩싸여 있기 때문이리라.

[잘된 일 아니겠나. 이참에 천하보의 제삼보를 연마해 보는 게 어떨까 싶네만.]

머릿속의 천마가 권유했다.

'제삼보라면······.'

적시운은 그게 무엇인지 알고 있었다. 천마신공의 무리(武理)가 그의 머릿속에 모조리 기록되어 있었기 때문이다.

유연성의 제일보, 유엽하. 틈을 노리는 제이보, 시우보. 제삼보는 고요의 극의를 추구하는 설매경신(雪梅輕身)이었다.

[천마신공의 각 축을 이루는 무공들은 서로 절묘하게 맞물리는 관계에 있네.]

'톱니바퀴처럼?'

[그렇다네. 예컨대 검법의 다음 일초를 익히기 위해 권법의 묘리부터 깨쳐야 한다는 식이지.]

천마의 설명이 이어졌다.

[마찬가지로 설매경신을 습득하기 위해선 시우보와 유엽하뿐 아니라 무영흡에 대한 성취가 필요하네. 고요하고 기민한 움직임을 위해선 우선 호흡에서 나오는 기척부터 없앨 필요성이 있기 때문이지.]

'그래서, 지금의 나라면 가능하다는 건가?'

[본좌의 생각은 그러하네만, 자네의 생각은 어떠한가?]

적시운을 다분히 자극하는 어조. 천마의 뜻대로 움직인다는 게 영 마뜩치 않았지만 이번만큼은 넘어가 주기로 했다.

'까짓것, 해보지.'

적시운은 머릿속에 각인된 구결을 따라 내공을 운용했다. 이제는 어느 정도 익숙해진 덕분에 몸속의 기운이 꿈틀대는 것도 크게 어색하진 않았다.

내력의 흐름 다음은 육체의 흐름.

적시운은 머릿속의 보법을 따라 걸음을 옮겨 나갔다. 최소한의 소음은 물론, 공기의 떨림조차 퍼져 나가지 않았다. 적시운은 문자 그대로 공간에 동화된 듯 앞으로 나아갔다.

'목표는 어디까지나 놈들의 우두머리.'

가장 확실한 방법은 역시 기감을 통해 감지하는 것. 기감의 반경이 대략 150m가량 되니, 건물의 정중앙에 위치한다면 해당 층 전부를 살펴볼 수 있을 듯했다.

백화점의 내부는 예상보다도 넓었다. 더불어 생각 이상으로 황량했다. 분명 이 안에 최소 50마리의 마수가 있을 텐데, 감지망이 퍼진 공간은 휑하기 그지없었다.

"……!"

첫 번째 마수가 감지됐다.

일반 레벨의 커럽티드 울프. 놈은 바로 위층을 어슬렁거리고 있었다. 좌표 평면상으로는 남서쪽으로 120m가량 떨어진 위치였다.

'위층까지 올라간 다음 저격할 수도 있을 테지만.'

백화점 내부엔 생각보다 엄폐물이 많았다. 부서진 가구들과 반파된 기둥, 기타 잔해와 장해물이 곳곳에 널려 있었던 것이다. 저격을 하기엔 그다지 마땅치 않은 환경이었다. 더불어 총성을 울려 이쪽의 존재를 경쟁자들에게 드러내고 싶지도 않았다. 사실 십여 층 가까운 거리가 있기에 총성이 반드시 들리리란 확신은 없었지만.

'그래도 만약의 경우라는 게 있으니.'

잠시 고민하던 적시운은 허리로 손을 가져갔다. 맥빌에게서 거두어들인 레어 등급 이온 블레이드. 미네르바에 따르면 출력 증폭 및 안정성 강화 개조가 가해진 물건이라 했다.

'그렇다는 건…….'

천장을 뚫고서 공격하는 것도 가능하다는 뜻. 층간 두께가 상당하다고는 해도 뚫는 데 무리는 없을 터였다.

'좋아.'

적시운은 설매경신을 펼쳐 커럽티드 울프의 바로 아래까지 접근했다. 그 직후 이온 블레이드를 작동시키고는 염동력으로 들어 올렸다.

천장을 겨냥하기를 잠시. 늑대의 움직임이 멎자마자 지체 없이 찔러 올렸다.

콱!

"캐앵!"

솟구쳐 오른 이온 블레이드가 커럽티드 울프의 심장을 관통했다. 이온 블레이드는 적시운의 제어에 따라 허공에 피를 털어내고는 바닥을 뚫고서 돌아왔다.

'이기어검도 별것 아니네.'

[그건 진정한 의미의 이기어검이라 볼 수 없네. 그저 흉내에 불과할 뿐이지.]

천마의 음성이 어딘지 모르게 투덜대는 느낌이었다.

적시운은 이온 블레이드를 허리에 꽂아 넣었다.

'지금 내 발전 속도에 질투하는 거야?'

[전혀 아닐세.]

여느 때보다도 빠르고 민첩한 대꾸.

적시운은 피식 웃고서 걸음을 옮겼다.

10

"윽."

진득한 피비린내에 밀리아가 미간을 찌푸렸다. 옥상을 통해 침투한 투입조를 맞이한 것은 백골 무더기였다. 피에 절은 살점이 군데군데 붙어 있는 걸로 봐선 죽은 지 얼마 되지 않았다는 걸 알 수 있었다.

커럽티드 울프에 의한 희생자들. 척 봐도 세 자릿수는 됨 직했다.

기간틱 아머에 연결된 카메라로 상황을 지켜보던 헨리에타가 이를 악물었다.

─이렇게나 많은 사람이 사냥했는데 지금껏 시타델 정부는 뭘 한 거지?

"몰랐을 테지."

─그들이 하층민이라서?

"그런 것도 있겠지만……."

주변을 살피던 밀리아가 무언가를 가리켰다. 최근까지 사용했던 것으로 보이는 침대와 가구들이 널려 있었다. 그것도 제법 많은 숫자. 희생자들의 숫자와 비슷한 정도였다.

"아마도 이곳을 보금자리 삼아 살던 사람들이었나 봐."

—외부와의 교류 없이?

"물자가 풍족하긴 해도 한정되어 있었던 게 아닐까? 있는 입도 줄여야 할 판이니 외부인을 들일 여유는 없었겠지."

—그러던 와중에 하필 찾아온 손님들이 커럽티드 울프였고?

"아마도? 그 늑대 놈들이 여기에 쥐 죽은 듯 짱박혀 있던 것도 같은 맥락이겠지."

—먹잇감이 갖춰져 있었으니.

"응, 보아하니 그것도 한계에 다다른 것 같지만."

며칠만 늦었어도 놈들이 본거지를 옮긴 뒤였을지도 모른다. 뿐만 아니라 본격적으로 구역 전체를 앞마당 삼아 활개 쳤을 터.

헨리에타는 차가운 눈으로 매카시를 돌아봤다.

"시타델 정부는 몰랐던 건가요?"

"놈들이 위험이 될 가능성이 높다는 것은 알았지. 그래서 귀 길드를 섭외한 거고."

"백화점 안의 사람들에 대해선 몰랐다는 거군요."

"그렇소."

일말의 감정도 섞이지 않은 건조한 대답. 헨리에타는 분노가 치밀었지만 그를 비난하진 않았다. 벽에 대고 소리쳐 봐야 입만 아픈 법이었으니.

―어쩌면 아직 생존자가 있을지도 몰라.

밀리아의 목소리였다.

헨리에타는 한 치의 고민도 없이 대꾸했다.

"임무 수행에 지장이 없는 선에서라면 최대한 구해줬으면 좋겠어."

―알았어. 노력해 볼게.

대화를 마친 헨리에타는 화면을 주시했다. 기간틱 아머의 카메라 화면에 낡은 인형이 스쳤다. 최근까지 손을 탔던 듯 군데군데 바느질로 수선이 되어 있었다.

저 인형의 주인은 지금도 살아 있을까?

그런 생각과 함께 내심 쓸쓸함이 치밀었다.

'지금은 이런 감상에 잠길 때가 아냐.'

헨리에타는 두 손으로 뺨을 살짝 때렸다. 지금 그녀가 할 일은 상황 전개에 따라 2차 투입조를 보낼 시기를 가늠하는 것이었다.

"내부 침투가 좋은 판단이었는지는 의문이군."

매카시의 혼잣말. 그러나 내용을 보자면 헨리에타더러 들으라고 하는 말이나 다름없었다.

"어떤 점에서 말이죠?"

"옥상 쪽에 병력을 강하시킨 이후에 커럽티드 울프가 한 마리도 나타나지 않았소."

그건 그랬다. 처음 요격을 하고자 옥상에 나타났던 놈들 또한 감쪽같이 숨어버린 직후. 밀리아가 이끄는 1차 투입조는 아무런 방해도 받지 않은 채 최상층인 10층에 침투할 수 있었다.

"그게 뭐 어쨌다는……."

헨리에타가 말끝을 흐렸다. 그녀의 뇌리에도 불길한 느낌이 스치고 지나간 까닭이다.

'만약 놈들이 유인책을 쓰고 있는 거라면?'

1차 투입조를 내부 깊숙이 끌어들인 후 포위 섬멸한다. 백화점의 구조를 자세히 알고 있다면 얼마든지 펼칠 수 있는 전술이다. 2차 투입이 늦어지거나 거리가 생기게 되면 각개 격파당할 가능성이 높아진다. 중간에서 층계를 붕괴시키기만 해도 내려가기가 애매해질 테니.

하지만 그럴 가능성은 높지 않았다. 최소한 헨리에타의 생각으로는.

'설마 늑대 주제에 그 정도까지 내다보고 전술을 짤 수 있

을까?'

하지만 그녀는 이내 고개를 저었다. 마스터 브레인에게 당했던 기억이 아직도 생생했다. 다른 마수조차 인간을 농락할 수 있을진대 늑대들이라 하여 그러지 못하리란 법은 없었다.

"조언 감사해요."

그녀는 진솔한 태도로 매카시에게 말했다. 매카시는 무뚝뚝하게 고개만 까닥였다.

"밀리아? 아래층으로 내려가는 건 보류해 둬. 일단은 그 층에서 대기하면서……."

─놈들이야, 헨리에타.

"뭐?"

헨리에타는 고개를 들어 카메라 화면을 보았다. 적외선 투시경 특유의 녹색 화면 속에서 수많은 안광이 번뜩이고 있었다.

─우리도 모르는 사이에 포위당했어.

밀리아의 목소리에서 긴장감이 묻어났다.

커럽티드 울프 성체 두 마리. 백화점에 들어선 적시운이 해치운 숫자였다. 두 마리 모두 이기어검술을 흉내 낸 방식으로 처리했다. 굉장히 조용한 방식으로 처리했기 때문인지 다른 놈들이 몰려오진 않았다.

'혹은 몰려올 상황이 아니거나.'

이능력자의 감지망이라 하여 모든 것을 캐치할 수 있는 것은 아니다. 이는 무인으로서의 기감 또한 마찬가지. 집중력의 정도에 따라, 혹은 상대방이 지닌 기척을 감추는 능력에 따라 상황은 얼마든지 달라질 수 있다.

그리고 커럽티드 울프는 기척을 감추는 데 있어선 상당히 빼어난 능력을 지녔다. 때문에 놈들보다는 케르베로스 길드 쪽 움직임을 감지해 보려 했는데 아직까진 감지망에 들어오는 게 없었다.

'우두머리 늑대가 그쪽으로 가버리면 골치 아픈데.'

되도록 혼자서 깔끔하게 결판을 내고 싶었다. 천마의 말마따나 막타 치고 먹튀 하는 방식은 그다지 구미가 당기지 않았다. 정정당당 따위의 낭만적인 이유 때문은 아니었다. 그 과정에서 케르베로스 길드 쪽과 얽히기라도 하면 여러모로 귀찮아질 것 같아서였다.

조용히 처리하고 취할 것만 취한 다음 깔끔하게 떠나는 게 최선. 그러려면 조금이라도 빨리 우두머리 늑대를 찾아낼 필요가 있었다.

'응?'

적시운은 걸음을 멈췄다.

그가 서 있는 위치는 2층 북동쪽 코너. 과거엔 성인복 매장이 즐비했던 듯 곳곳에 옷가지가 널려 있었다. 그리고 조금 전 희미한 무언가가 기감을 자극했다.

'방향은······.'

아래쪽. 지하였다. 1층에 있을 때 감지하지 못한 것은 좌표 평면상의 위치가 떨어져 있었기 때문인 듯했다. 기운 자체가 무척 희미하기도 했고.

적시운은 주변을 꼼꼼히 살펴 안전을 확보한 다음 아래편에 기감을 집중시켰다.

"······."

커럽티드 울프는 아니었다. 놈들처럼 거대하지도 않았고 강력한 힘을 지니고 있지도 않았다. 동시에 무척이나 익숙한 감각. 인간이 분명했다.

'숫자는 대략 네다섯 명인가.'

움직임이 거의 없고 호흡도 희미했다. 문자 그대로 숨만 붙어 있는 상태. 왜 이런 곳에 있는지는 생각할 것도 없어 보였다.

'먹잇감을 비축해 뒀다는 거겠지.'

마치 인간이 그러는 것처럼.

그렇게 생각하니 헛웃음이 절로 나왔다.

[내려가 볼 텐가?]

머릿속의 천마가 물었다.

적시운은 기감을 펼쳐 지하층을 조금 더 살폈다. 처음에 찾아낸 인간들 외의 생명체는 감지되지 않았다.

아무도 없다는 의미이거나…….

'내 기감을 속여 넘길 정도의 은신 능력을 지닌 녀석이 숨어 있거나.'

일반 레벨의 커럽티드 울프에겐 불가능한 일.

결국은 둘 중의 하나였다.

'엘리트 레벨 커럽티드 울프가 저곳에 있다.'

혹은 아무도 없거나. 어느 쪽이 되었든 내려간다는 판단이 나쁠 것은 없었다. 최소한 인간들을 구출할 수는 있을 테니까.

[그들을 미끼로 써먹을 수도 있고 말이지?]

적시운은 대꾸하지 않은 채 내려가는 길을 수색했다.

얼마 지나지 않아 반파된 비상계단을 찾아내어 지하까지 내려갈 수 있었다.

"……."

새어드는 빛줄기 하나 없는 칠흑 같은 어둠이 적시운은 맞았다. 그리고 그 너머에서 전해지는 퀴퀴한 곰팡내와 비린내. 썩어 문드러진 시체에서 흘러나오는 냄새가 분명했다.

거리가 가까워진 덕인지 인간들의 존재감도 보다 선명해 졌다.

적시운이 접근하는 동안 그들은 약간의 움직임도 보이지 않았다. 다만 무척 약해져 있다는 것만은 분명해 보였다.

티딕티딕. 티디디딕.

아머 타입 방호복에 부착된 가이거 카운터가 물 끓는 듯한 소리를 냈다. 주변이 방사능으로 잔뜩 뒤덮여 있다는 뜻. 방사능 수치를 문장으로 표현해 주는 미네르바의 가이거 카운터와 달리, 방사선이 강할수록 소리의 진동이 격해지는 방식이었다.

진동수를 보건대 방사능 수치는 인체에 악영향을 끼치고도 남는 수준. 인간들이 쥐 죽은 듯 가만히 있는 것도 이해가 됐다. 아마도 손가락 하나 까딱할 수 없는 상태일 터. 살아도 산 것이 아니리라.

'지상 층에서는 작동하지 않았던 걸 생각해 보면……'

커럽티드 울프의 체취가 그만큼 강하게 남아 있다는 의미.

'늑대의 숫자가 많거나……'

강력한 개체가 있거나.

결국은 둘 중의 하나였다.

철컥.

적시운은 저격 소총의 탄창을 교체했다. 최대한 주의하면서 교체했는데도 탄창 꽂히는 소리가 요란하게 울렸다. 의도한 바였기에 개의치는 않았다.

'낌새를 맡았으면 나타나라.'

무영흡을 유지한 채 한동안 대기했다. 소리로 유인할 생각이었는데 어둠 속에선 아무런 반응도 나타나지 않았다.

조금 더 신중하게 굴 것인가 아니면…….

'오지 않으면 내가 가서 헤집는 수밖에.'

적시운은 어둠 속을 향해 걸음을 옮겼다. 두 눈은 어둠에 적응한 뒤였다. 그래 봐야 근거리의 대략적인 윤곽만 확인할 수 있는 수준. 시야는 사실상 마비되었다고 보는 것이 나을 터였다.

남는 것은 기감과 염동력 감지망, 그리고 육감.

아직까진 딱히 감지되는 것이 없었다. 그럼에도 적시운은 등허리가 식은땀으로 젖어오는 것을 느꼈다.

놈이 이곳에 있다.

본능이라고밖에 표현할 수 없는 무언가가 그렇게 소리치고 있었다.

사실, 또 하나의 감지 수단이 있기는 했다.

'가이거 카운터.'

방사능 입자 측정 장치. 1908년에 최초로 개발된 유서 깊은 장치가 미친 듯이 신호를 토해내고 있었다.

티디디디딕!

널브러져 있는 인간들과의 거리는 이제 지척이었다. 적시운은 그 시점에서 걸음을 멈추고는 가이거 카운터를 정지시켰다. 육감은 이제 확신으로 변해 있었다.

쉬익, 쉬익…….

티딕거리는 소리가 사라지자 정적 속에서 숨소리가 들려왔다. 인간이 내는 것이라기엔 지나치게 규모가 거대한 숨소리였다. 적시운은 정면을 향해 저격 소총의 총구를 뻗었다. 어둠 속에서 두 개의 안광이 번뜩이는 것과 거의 동시였다.

탕―!

탄환이 정적을 깨고 허공을 갈랐다. 발사된 탄환은 예광탄이었고, 부싯돌이 번뜩이는 것처럼 순간적으로 사위를 밝혔다.

그 짧은 섬광 속에서 적시운은 확인할 수 있었다. 자신을 향해 달려드는 거대한 늑대를.

팟!

반사적으로 염동력으로 몸을 밀어내어 회피했다.

적시운이 서 있던 자리를 커럽티드 울프의 거대한 앞발이 덮쳤다.

쿠웅!

지하층 전체가 약간이지만 흔들릴 정도. 바닥은 거북이 등처럼 쩍 갈라졌다.

'맞히지 못했다.'

적시운은 몸을 뒤로 죽 밀어내는 동시에 저격 소총으로 재차 커럽티드 울프를 겨냥했다. 치명타를 준다는 기대는 오래전에 버렸다. 순전히 견제를 위함이었다.

탕! 탕!

첫 번째 예광탄으로 주변을 밝히고 두 번째 탄환으로 미간을 노렸다. 예전이라면 꿈도 못 꿀 초인적인 사격술이었지만, 극도의 집중력과 예리해진 정신력이 이를 가능케 했다.

탄환은 정확히 커럽티드 울프의 미간에 적중했다. 문자 그대로 럭키 샷. 그러나 꿰뚫거나 파고들지는 못했다. 그저 찌그러진 채 바닥으로 떨어질 따름.

"엘리트 레벨."

적시운은 자기도 모르게 중얼거렸다.

11

몸체의 길이는 어림잡아도 4미터 이상. 앞다리의 크기만 해도 어지간한 성인의 육체를 능가했다. 아가리의 크기는 능히 인간을 한입에 집어삼키고도 남을 수준. 육체의 강건함은 탄환마저 가벼이 막아낼 정도였다.

방사능의 영향을 받은 돌연변이 강화체. 엘리트 레벨 커럽티드 울프가 적시운을 향해 으르렁거렸다.

크르르르……!

과거에도 수차례 겪어봤던 상황. 적시운의 눈빛이 번뜩였다.

'브루탈 그로울링(Brutal growling)!'

짐승을 원형으로 한 마수들 특유의 기술 중 하나. 저주파가 섞인 특수한 소음을 토해냄으로써 먹잇감의 반고리관을 마비시키는 능력이었다. 제대로 당한다면 잠시 동안 몸을 가누기도 벅차게 된다. 일종의 광역 제압기라 할 수 있었다.

다행히 적시운은 아슬아슬하게 방어하는 데에 성공했다. 반사적으로 염동력을 발현, 주변의 음파를 차단한 것이다.

브루탈 그로울링이 먹히지 않자 커럽티드 울프는 잔뜩 분노한 듯 몸을 움츠렸다.

'온다!'

적시운은 황급히 몸을 날렸다. 바닥을 박찬 커럽티드 울프가 그대로 쇄도했다.

쌔액!

중형 트럭과 맞먹는 육중한 육체가 아슬아슬하게 적시운을 스쳐 지나갔다. 빳빳한 모피에 스친 것이었는데, 그것만으로도 방호복의 이음매가 뜯겨 나갈 뻔했다.

'빠르다.'

적시운은 내심 혀를 내둘렀다. 투박할 것 같은 인상과 달리 커럽티드 울프의 움직임은 무척이나 날래고 기민했다.

'과연 엘리트 레벨이라는 건가.'

일반 커럽티드 울프가 B랭크이니, 녀석은 못해도 BBB랭크 이상일 터. 잠시 부딪쳐 본 바로는 어쩌면 A랭크일지도 모른다는 생각까지 들었다.

솔로잉에 국한하지 않더라도 적시운이 지금껏 조우한 마수들 중에선 최고 수준의 난적. 천마신공을 익혔다고 하더라도 마음을 놓을 수가 없었다.

'한데 부하들을 부르지는 않는 건가?'

커럽티드 울프는 마스터 브레인처럼 다채로운 능력을 지니진 않았다. 브루탈 그로울링을 제외한다면 별다른 특수 능력은 없을 터. 결국은 육체 능력만으로 싸울 수밖에 없고, 그 경우의 전투 방식은 아무래도 한정되게 마련이었다.

부하들을 불러들여 써먹는다면 그 허점을 메울 수 있을 텐데 녀석은 그러지 않고 있었다.

'지능이 떨어져서 그러는 건 아닐 테고.'

아무래도 부하들은 위쪽에 몰려가 있는 모양이었다. 불청객이라 생각했던 케르베로스 길드가 나름대로 도움이 된 셈이다.

방해꾼 없는 일대일의 싸움.

적시운은 허리의 이온 블레이드를 잡았다.

우우웅.

이온 입자로 이루어진 칼날이 칼자루 위로 솟아났다. 주변이 밝아지며 지하층의 전경이 선명하게 눈에 들어왔다. 사방은 온통 피로 얼룩져 있었다. 도대체 얼마나 되는 인명을 먹어치운 것인지 짐작조차 되지 않았다.

그 시산혈해의 한가운데에서 으르렁거리는 커럽티드 울프.

놈을 응시하던 적시운은 순간 움찔했다.

"설마……."

커럽티드 울프의 아랫배가 비정상적으로 부풀어 있었다. 더불어 적시운은 녀석이 지난번 자신과 조우했던 그놈이 아니라는 것 역시 알 수 있었다.

엘리트 레벨의 개체가 하나가 아니라는 뜻.

다른 개체들이 모조리 위쪽으로 향한 가운데 이 녀석 홀로 남아 있던 이유 또한 이해가 됐다.

"저 사람들은 임산부를 위한 별식이라는 거군."

크르르르!

커럽티드 울프의 안광이 붉은빛으로 번뜩였다. 이온 블레이드의 빛 때문에 한층 분노한 모양새.

적시운에게는 잘된 일이었다. 놈이 냉정을 잃을수록 상대하는 데에 이점이 많을 테니.

'남편이 돌아오기 전에 끝장을 내야 한다.'

케르베로스 길드 측에서 처리할 가능성도 있었지만 그렇지 않을 가능성이 더 컸다. 적시운의 생각대로라면 그 녀석은 아내보다도 강한 개체일 테니까.

크헝!

마침내 크게 포효한 커럽티드 울프가 적시운에게 달려들었다. 적시운은 뒤로 훌쩍 물러나는 동시에 염동력의 망치를 만들어선 커럽티드 울프를 후려쳤다.

쾅!

트리플 B랭크 염동술사의 전력을 다한 일격. 그러나 커럽티드 울프를 잠시 주춤하게 만든 것 외에는 별 재미를 보지 못했다.

"쳇."

적시운은 방향을 급히 틀었다. 커럽티드 울프가 크게 휘두른 앞발이 적시운의 머리를 아슬아슬하게 비껴갔다. 정타를 허용했다면 머리가 떨어져 나갔으리라.

'접근전은 자살 행위!'

급소를 타격하지 않는 한 천랑섬권으로도 쓰러뜨리기 힘들 듯했다. 설령 급소에 정통으로 꽂는다고 해도 과연 일격에 쓰러뜨릴 수 있을지는 의문이었다.

반면 적시운은 스치기만 해도 치명상을 입게 될 터. 되도록 거리를 벌린 채 싸워야 했다.

'그렇다면⋯⋯.'

적시운이 이온 블레이드를 힘껏 던졌다. 팽그르르 회전하며 날아가던 칼자루가 이내 염동력의 제어를 받아 화살처럼 비행했다. 앞서 졸개들을 처리한 방식. 흉내 내기식의 이기어검술이었다.

쐐애애액!

이온 블레이드는 정확히 커럽티드 울프의 미간을 노리고 날아들었다.

'피하지 말고 버텨라.'

적시운은 마음속으로 염원했다. 만약 녀석이 탄환을 막아 낸 것처럼 버티려고 한다면 그대로 머리통을 갈라 버릴 수 있을 터.

그러나 커럽티드 울프는 영악했다. 이온 블레이드가 위험한 물건이라는 것을 알고 있다는 듯 훌쩍 몸을 띄워 피해 버렸다.

적시운은 칼자루의 궤도를 변경하여 뒤쫓게끔 했다.

순간 커럽티드 울프가 기다렸다는 듯 꼬리를 크게 휘둘렀다. 마치 파리채라도 휘두르듯.

타앙!

채찍과 같은 일격이 이온 블레이드에 가해졌다. 그 와중에도 적시운은 칼날을 움직여 놈의 꼬리를 반쯤 갈라냈다.

그럼에도 만족할 수 없었는데, 육중한 꼬리와 정면충돌한 이온 블레이드가 그대로 박살이 났던 것이다.

타탁!

빛을 잃고서 땅바닥을 뒹구는 칼자루. 적시운은 이온 블레이드를 재빨리 회수해서는 상태를 살폈다. 거의 반으로 쪼개지다시피 한 것이 아무래도 더 써먹기는 어려울 듯했다.

크헝!

기세가 오른 커럽티드 울프가 포효하며 달려들었다. 적시운이 발톱을 잃었다는 것을 깨달은 모양이었다.

적시운은 급히 물러나며 수류탄을 던졌다. 커럽티드 울프의 아가리를 노리고 던진 것인데, 놈은 이번에도 몸을 틀어서 꼬리로 후려쳤다.

콰앙!

폭발이 지하층을 휩쓸었다. 자욱한 흙먼지가 사위를 뒤덮으려는 찰나, 그것을 뚫고서 커럽티드 울프가 재차 적시운을 향해 쇄도했다. 틈을 주지 않고 몰아붙이겠다는 듯.

[육박전을 펼치는 수밖에 없을 듯하군.]

천마의 목소리에 적시운은 이를 악물었다.

'놈과 사이좋게 주먹질이라도 교환하라고?'

[자네가 좀 더 수양을 쌓은 상태였다면 그것도 나쁘지 않았겠지. 하지만 지금으로선 그리 현명한 생각 같지는 않군.]

그럴 터였다. 놈의 발톱만 해도 족히 30㎝는 됨직한 길이. 다리 길이까지 친다면 길쭉한 할버드를 휘두르는 것이나 다름없었다.

리치에서부터 크게 밀리는 셈인데, 놈의 순발력 또한 적시운을 상회했다. 그 마당에 무턱대고 접근전을 펼쳤다간 권격을 먹이기도 전에 걸레짝이 될 터였다.

[자네에게도 무기가 필요하네.]

부우웅!

커럽티드 울프의 앞발이 적시운의 흉부를 스쳤다. 발톱에 스친 방호복의 흉부가 종잇장처럼 부욱 찢겨 나갔다. 이제 방사능 피폭이 시작될 터. 당장 육체에 악영향이 오진 않겠지만 장기적으로 피폐해질 것임은 분명했다.

속전속결로 끝내고 응급처치를 할 필요가 있었다.

'무기라면 어떤 것 말이지?'

[천마신공을 기반으로 하는 절초의 칠 할은 권법과 검법에 배분되어 있지. 그리고 그중에서도 으뜸은 검법, 천마검의 초식들이네.]

최고의 파괴력을 지닌 것은 검법인 천마검. 하지만 적시운은 아직 천마검을 본격적으로 익히지 않았다.

뿐만 아니라 검 또한 수중에 없었다. 이온 블레이드는 부서져 버린 뒤. 현 상황에 수리해서 사용한다는 것은 불가능했다.

'함부로 쓰지 말 걸 그랬나.'

[그 장난감 같은 병기는 멀쩡해 봐야 무용지물이었을 걸세. 그 불똥 같은 것에 검기를 실을 수는 없을 테니.]

'불똥이 아니라 이온 입자야. 어쨌든…….'

쾅! 콰광!

벼락처럼 휘둘러진 커럽티드 울프의 앞발이 콘크리트 기둥을 분쇄했다. 적시운은 놈의 공세를 지그재그로 회피하는 한편 기감을 펼쳐 주변을 살폈다. 검 대용으로 쓸 만한 물건을 찾기 위해서였다.

마침 적당한 거리에 1미터 남짓한 철근이 존재했다. 적시운은 곧장 염동력으로 철근을 끌어당겼다. 손아귀에 착 감기는 느낌. 낯설면서도 어딘지 모르게 익숙한 기분이었다.

'이제 어떻게 하면 되지?'

[기본 요체는 권겸과 비슷하네. 다만 기운을 보다 날카롭고 밀도 높게 응집시킬 필요가 있네.]

크허어엉!

단번에 적시운을 깨물려는 듯 커럽티드 울프가 크게 도약

했다. 적시운은 반사적으로 시우보를 밟아 대각선 방향으로 빠져나갔다.

[검극에 기운을 집중시킨다고 생각하게.]

'칼날 끝 말이야?'

[그렇다네. 자네가 보다 원숙한 상태라면 검신 전체에 기운을 고루 퍼뜨릴 수 있겠지만, 지금은 아무래도 무리일 테지.]

천마의 설명이 섬전처럼 뇌리를 스쳐 갔다.

[하나의 점에 기운을 집약시키게. 그리하면 저 짐승의 거죽조차 능히 꿰뚫을 수 있을 테니.]

적시운은 천마의 설명이 어딘지 모르게 익숙하다는 것을 깨달았다. 그의 기억과 함께 무의식에 각인된 천마신공의 구결들. 그중에서도 천마검에 대한 구결과 일치하는 내용이었다.

하나의 개념이 적시운의 뇌리를 뒤따르듯 스쳤다.

'천풍사(天風射).'

천마검의 자식(刺式), 즉 찌르기 중에서도 가장 기초적인 초식이었다. 다만 기초적이라 하여 간단한 것은 아닌 게, 이처럼 급박한 순간에 마음 내키는 대로 펼칠 만한 초식은 아니었다.

'하지만……'

오히려 이런 순간이기에 시도해 볼 만한 것인지도 모른다.

무엇보다도 구결을 비롯한 초식의 정보는 머릿속에 모조리 각인되어 있었다. 남은 것은 이를 육체로 체득하는 것뿐.

적시운은 철근을 움켜쥔 채 정신을 집중했다. 내력을 집약하는 방식은 천랑섬권과 마찬가지. 다만 그 장소가 주먹이 아닌 철근 끝일 따름이었다.

처음엔 지지부진했다. 하지만 이내 나무뿌리가 수분을 빨아올리듯 체내의 내공이 철근을 타고 올랐다.

우우우웅.

철근의 끄트머리에 맺히는 천마검기(天魔劍氣). 검은 옥석을 연상케 하는 흑색의 기운이 날카롭게 일렁였다.

커럽티드 울프도 심상찮다는 것을 느낀 듯 온몸의 털을 곤두세웠다. 자꾸만 이리저리 피해대는 적시운 때문에 열불이 났을 법도 한데, 놈은 마수답지 않게 냉정한 태도로 거리를 유지했다.

물론 적시운은 그러도록 내버려 둘 생각이 없었다. 검기를 유지하는 것도 길지는 않을 터. 할 수 있을 때 결착을 내야 했다.

마음을 정했다면 지지부진하게 끌 것은 없는 일. 적시운은 시우보를 밟아 화살처럼 쇄도했다.

카앙!

날카로운 외침과 함께 커럽티드 울프가 앞발을 휘둘렀다.

적시운은 최대한 상체를 낮췄다. 거의 바닥에 코끝이 닿을 만큼.

부웅!

앞발이 강풍을 일으키며 등허리를 훑고 지나갔다. 간신히 붙어만 있던 방호복이 송두리째 뜯겨져 나갔다.

몸이 가벼워지니 속도가 배가됐다. 적시운은 있는 힘껏 땅을 박차는 동시에 염동력으로 몸을 밀어냈다.

시우보의 본래 속도에 염동력의 지원이 더해진 쾌속!

콰악!

커럽티드 울프가 앞발을 회수하기도 전에 놈의 흉부에 철근을 박아 넣었다.

수 m에 달하는 마수의 거체가 덜컥 멈추었다.

제11장
폭풍우(1)

1

'먹혔다!'

적시운은 손끝에서 느껴지는 감각에 전율했다. 철근의 절반 이상이 커럽티드 울프의 흉부를 파고들었다. 그 끝에서 격발된 천마검기는 놈의 체내를 송두리째 휘저어 놓았다.

인간이라면 절명을 면치 못할 일격. 마수라고 해서 크게 다르지는 않을 터였다.

'……라고 생각한다면 크나큰 오산이겠지.'

적시운은 마음을 놓지 않았다. 이 정도 일격에 당하고도 살아남을 수 있기에 마수인 것이고, 그렇기에 인류의 적인 것이었다.

여기까지 생각이 전개되는 데 소요된 시간은 문자 그대로 찰나. 철근을 타고 흘러내린 핏방울이 바닥에 닿을 때까지의 짧은 순간이었다.

캬아아악!

커럽티드 울프가 고통에 찬 비명을 토했다. 절명하진 않았으나 확실한 대미지를 입은 것은 분명했다. 그 와중에도 반격을 하고자 놈은 적시운을 향해 아가리를 들이밀었다 콱 하고 깨무는데 아슬아슬하게 눈앞에서 이빨들이 교차했다.

만약 검격이 아닌 권격이었다면 팔을 물렸을지도 모를 거리였다.

커럽티드 울프의 이빨 사이로 확 풍기는 악취.

적시운은 놈의 겨드랑이 아래의 틈으로 빠져나가는 동시에 수류탄을 두 개 까서 던져 놓았다.

쾌광!

잇따른 폭발에 커럽티드 울프가 몸부림을 쳤다. 원래대로면 이 정도 폭발에 타격을 입지는 않았을 테지만, 치명상을 허용한 직후인지라 약간의 타격만으로도 자지러질 지경이었다.

크케케켕!

커럽티드 울프가 사방팔방으로 펄쩍거렸다. 그 서슬에 콘크리트 기둥 몇 개가 부서져 나갔다.

쿠구구구……!

지하층이 먼지구름으로 완전히 뒤덮였다. 다행히 장비 중인 방독면 덕택에 호흡에 큰 무리는 없었다. 위협적이진 않았지만 혹시 모를 일이었기에 적시운은 적당한 거리를 유지했다.

팟!

순간 발광을 멈춘 커럽티드 울프가 적시운의 반대 방향으로 내달렸다. 필시 동족들에게로 달아나려는 생각일 터.

적시운으로선 내버려 둘 수 없는 일이었다.

'놓치면 귀찮아진다!'

다행히 놈의 속도는 눈에 띄게 느려져 있었다. 시우보를 펼칠 것도 없이 적시운은 곧장 커럽티드 울프를 따라잡았다.

홱!

놈이 돌연 신체를 반전하며 적시운을 향해 달려들었다. 도망치려던 것은 페이크고, 실제로는 반격을 하려던 것. 마지막 순간까지도 참으로 독하다는 생각이 들었다.

'예상하지 못한 바는 아니지만.'

적시운은 한층 속도를 높여 돌진했다. 눈에 띄게 굼떠진 커럽티드 울프의 앞발은 이번에도 목표를 후려치지 못했다.

다시금 파고든 적시운이 천랑섬권을 펼쳤다. 목표점은 박혀 있는 철근의 끄트머리. 망치로 후리는 듯한 강격이 철근 끝에 작렬했다.

쾅!

권격이 망치라면 철근은 대못이었다. 천마신공의 내력이 담긴 막강한 힘이 철근에 고스란히 전달되었고, 그 결과 철근은 커럽티드 울프의 몸을 그대로 관통했다.

콰직!

등허리를 꿰뚫고 나온 철근이 천장에 콱 박혔다. 기역 자로 찌그러진 철근 끝에서 걸쭉한 핏물이 늘어졌다.

쿠웅.

커럽티드 울프의 거체가 마침내 쓰러졌다.

번뜩이는 안광의 숫자로 유추하건대 대략 20여 마리. 커럽티드 울프의 절반 가까이가 몰려든 셈이었다. 어차피 격멸할 생각이긴 했지만 모양새가 좋지 않게 되었다. 문자 그대로 포위당한 형국이었으니 말이다.

"똥개 사촌들 주제에."

밀리아는 이를 뿌득 갈았다. 어떻게 보면 차라리 잘됐다는 생각도 들었다. 구석구석 찾아 헤매는 수고를 던 셈이니.

–밀리아, 퇴로를 뚫을 수 있겠어?

헨리에타의 목소리.

밀리아로서는 살짝 자존심이 상하는 질문이었다.

"싸워보지도 않았는데 달아날 생각부터 하란 말이야?"

–그래, 그게 네 임무라는 걸 기억해.

헨리에타의 어조는 엄격했다. 다 해치워 버리면 그만이라고 반박하려던 밀리아는 입을 다물었다.

이쪽의 숫자는 10명. 파티 2개분의 숫자지만 포위당한 B랭크 마수 20마리를 감당할 정도는 되지 않았다. 하물며 포위된 상황이라면 더더욱.

이 상태로는 딜러와 서포터를 보호하기도 여의치 않았다. 아군을 보호할 엄폐물이 필요했다.

다행히도 주변에 널려 있는 것이 갖가지 가구. 우선은 그것들을 목책으로 삼아야겠다는 생각이 들었다.

"퇴로를 뚫기는 힘들 것 같고, 일단 버텨는 볼게."

–알겠어. 바로 지원군을 보낼게.

통신을 마친 밀리아가 대검을 움켜쥐었다. 커럽티드 울프들은 여전히 안광만을 번뜩이고서 기다리고 있었다.

"언니들 얘기 마칠 때까지 기다려 준 거야? 기특한 똥개들이네."

"밀리아, 어떻게 할 생각이지?"

개조형 M16을 쥔 그렉이 물었다. 긴장한 채 주위를 둘러보던 밀리아가 픽 웃었다.

"별일이네. 네가 나한테 그런 걸 다 묻고."

"공식적으로는 네가 파티장이니까."

"실제로는 아니고?"

"넌 생각이란 게 없으니까."

기분 나쁘게 들릴 법한 말이지만 밀리아는 씩 웃었다.

"하려는 말이 그게 전부는 아니겠지?"

"북동쪽 방향 20m쯤 떨어진 곳에 엄폐하기에 적합한 장소가 있다. 무너진 천장이 성벽처럼 쌓인 곳이다."

"오케이."

밀리아는 불끈 힘을 주었다. 그녀의 광배근과 승모근이 순간적으로 팽창했다. 버서커의 육체 강화 능력 중 하나인 격분(Enrage). 근력과 순발력을 단기적으로 폭발시키는 기술이었다.

"가자, 얼간이들!"

포효하듯 소리친 밀리아가 전방을 향하여 땅을 박찼다. 그렉을 포함한 서포터 및 대미지 딜러들이 그녀와 약간 떨어진 후방에 자리했다.

"이야아아!"

짐승 같은 포효와 함께 횡으로 휘둘러지는 대검. 스코틀랜

드산 클레이모어를 두 배쯤 확장시킨 듯한 거대한 검이었다. 내부적으로 칼날 진동 개조가 되어 있어 절삭력 또한 높았다. 떨어지던 나뭇잎이 닿기만 해도 잘려 나가는 수준. 그런 칼날이 최전방의 커럽티드 울프를 향해 쇄도했다.

커럽티드 울프가 반사적으로 앞발을 휘둘렀다.

서걱!

깔끔하게 잘려 나가는 발톱. 흠칫 놀란 커럽티드 울프가 뒤로 훌쩍 물러났다. 그로 인해 포위망의 결속력이 약해졌다.

'기왕이면 앞다리까지 잘라냈으면 좋았을 텐데.'

아쉽긴 해도 소기의 목적은 달성했다. 게다가 공격할 수 있는 게 그녀 혼자뿐인 것도 아니었다.

드르르륵!

타타타탕!

진형의 양쪽 날개를 맡은 두 기간틱 아머가 탄환을 쏟아냈다. 20㎜ 개틀링 탄환이 커럽티드 울프들을 후려갈겼다. 중장갑도 뚫어버리는 위력의 탄환이 늑대들의 거죽을 파고들었다. 치명타까지는 무리여도 유효타를 먹이기엔 충분한 파괴력이었다.

케켕!

탄환 세례를 받은 늑대들이 물러나면서 포위망이 무너

졌다. 배후에서 커럽티드 울프들이 짓쳐 들었다. 밀리아는 고개를 돌려 이를 확인하고는 소리쳤다.

"한 방 먹여줘!"

우우웅!

딜러 겸 서포터인 이능력자들이 나섰다. 무형의 장막이 허공에 전개됐고 그 장막 위로 강력한 전류가 흘렀다. 달려들던 커럽티드 울프가 그대로 충돌했다.

빠지지직!

고압 전류가 사정없이 작렬했다. 커럽티드 울프의 모피가 삽시간에 불타 버렸다.

쿠웅!

그대로 바닥에 충돌한 커럽티드 울프에게서 역한 노린내가 났다. 그래도 즉사하지는 않은 듯 비척거리면서도 몸을 일으켰다. 혀를 내두를 정도의 강력한 생명력이었다.

"달려!"

밀리아를 따라 투입조는 포위망을 뚫고 나왔다. 다만 커럽티드 울프들의 속도가 더 빨랐기에 완전히 따돌리는 것은 불가능했다. 결국 그렉이 말한 지점까지 이동한 것이 전부. 투입조는 또다시 포위되었다.

그나마 2개 방향이 돌무더기에 막혀 있다는 점이 위안거리였다. 안쪽에 딜러와 서포터가 위치하고 기간틱 아머 두

대와 밀리아가 바깥에 버티고 섰다. 조금 전보다는 훨씬 안정적인 진형이 완성됐다. 남은 일은 지원이 올 때까지 버티는 것.

"어디, 누가 이기나 해보자고."

중얼거리는 밀리아의 앞으로 수십 개의 안광이 번뜩였다. 어째 조금 전보다도 숫자가 늘어난 듯했다.

"한데 이상하군."

"뭐가?"

밀리아의 반문에 그렉이 미간을 찌푸렸다.

"놈들의 움직임이 생각보다 소극적인 것 같지 않나?"

"우리를 독 안에 든 쥐라고 생각하나 보지. 천천히 말려 죽이려는 것 아니겠어?"

"저 영악한 놈들이? 놈들 또한 지원군이 오리라는 것쯤은 알고 있을 거다. 그런데도 뜸을 들인다는 건 말이 안 돼."

밀리아는 울컥 짜증이 났다.

"그래서, 대체 놈들이 노리는 게 뭐라는 건데?"

"놈들도 기다리고 있는 거다."

무엇을?

그렇게 반문하려던 밀리아는 이내 입술을 악다물었다. 그렉에게 묻지 않아도 알 것 같았기 때문이다.

다른 놈들의 그것보다도 1m가량 높은 곳에서 내리꽂히는 안광. 거대한 커럽티드 울프가 성큼성큼 다가오고 있었다.

"엘리트 레벨······!"

보는 것만으로도 숨통이 콱 막히는 듯한 기분. 내뿜는 안광부터가 다른 놈들과는 차원이 달랐다.

그렉이 이를 악물었다.

"어쩌면 이건 놈들 또한 바라던 상황이었는지도 모르겠군."

두 방향이 막혀 있다는 것은, 다시 말해 퇴로가 될 수 있는 루트 또한 그만큼 한정된다는 뜻.

방어하기에 유리한 만큼 도망치기에는 불리하다. 이를 커럽티드 울프 쪽 관점으로 치환한다면······.

"공격하기엔 불리하지만, 최소한 먹잇감이 달아날 염려는 줄어든다는 것이군."

그렉은 이를 악물었다.

"미안하다. 내가 멍청한 짓을 저질렀다."

"됐어. 어차피 나도 엄폐물을 이용할 생각이었으니까. 게다가······."

밀리아는 전의 가득한 얼굴로 대검의 검면을 탕 쳤다.

"사냥꾼은 놈들이 아니라 우리잖아? 조금 큼직한 놈이 나타났다고 쫄아서야 되겠어?"

쿵쿵쿵쿵.

먼 방향에서 발소리가 들려왔다. 기간틱 아머 특유의 육중한 발걸음. 공격대의 2차 투입조가 도착한 것이다. 이제는 마냥 포위당하기만 한 상황은 아니게 되었다. 잘만 하면 안팎으로 늑대들을 압박할 수도 있을 터.

"상황은 우리에게 유리해."

밀리아가 자기 자신에게 들려주듯 말했다.

"불리한 상황이로군."

매카시가 중얼거렸다. 매우 나직한 어조였으나 가까이 있던 헨리에타가 듣기에는 충분했다.

"어느 쪽이 불리하다는 거죠?"

"물론 공격대 쪽이오."

감정이 일절 배제된 건조한 대꾸. 하지만 그렇기에 더더욱 헨리에타의 속을 긁는 것 같았다.

"우리 공격대는 강합니다."

"알고 있소. 하지만 충분히 강한지는 의문이로군."

헨리에타는 입술을 깨물었다. 이 남자의 통찰력이 결코 보통이 아니기에 더더욱 불안감이 강해졌다. 본래 3차까지 나누어 보내려던 투입조를 2차에 모조리 배분했다. 결과적으로 지원군까지 합쳐 30명의 공대원이 투입된 상황. 헨리에타를 포함한 소수만이 노르망디에 남아 있었다.

'한데 그 정도로도 부족하다고?'

말을 꺼낸 이가 다른 사람이었다면 코웃음을 치고 넘어갔을 것이다. 그 정도로 케르베로스 길드 공격대의 전투력은 빼어났으니.

하지만 이 남자는 달랐다. 개인적인 호불호와 별개로, 확실히 헨리에타 이상의 안목과 판단력을 소유하고 있었다.

'더 많은 지원군을 보내야 할까?'

헨리에타가 고민에 잠겨 있는 와중, 화면 속의 거대 커럽티드 울프가 행동을 개시했다.

2

엘리트 레벨 커럽티드 울프. 추정 랭크는 BBB이며 성별은 암컷. 피 냄새는 진하고 체온은 아직 뜨끈하다. 적시운이 조금 전에 쓰러뜨린 마수는 완전히 숨이 멎은 채 널브러져 있었다.

"후우."

적시운은 묵직한 한숨을 내쉬었다. 뭔가에 부딪히기라도 했는지 방독면에 실금이 쫙쫙 가 있었다. 바닥에서 튀어 오른 파편에 부딪혔었다는 사실을 조금 후에야 깨달았다.

'방사능의 영향은?'

피폭 초기 증세인 두통이나 어지럼증은 느껴지지 않았다. 그래도 안심하기엔 이른 상황. 조금이라도 빨리 이곳을 벗어나는 것이 좋을 듯했다. 물론 그 전에 챙길 것은 확실히 챙겨야 했다.

적시운은 염동력을 펼쳐 주변을 살폈다. 잠시 후 끄트머리가 뾰족한 콘크리트 파편을 찾아내어 손에 쥐었다. 이어서 파편의 모서리에 내력을 집중시켰다. 언제나 최초가 힘들 따름. 이미 한 차례 성공했던 일인 만큼 그리 어렵지는 않았다.

<u>스스스스.</u>

흑색의 기운이 모서리 끝에 집약됐다. 천랑섬권의 기운이 바위처럼 묵직하다면 이 기운은 예리함 그 자체였다.

'천마검기……'

[소감이 어떤가?]

머릿속의 천마가 나직이 물었다. 넋 나간 듯 검기를 응시하던 적시운이 퍼뜩 정신을 차리고서는 미간을 찡그렸다.

'딱히 특별한 건 없어.'

[솔직하지 못하군.]

'……'

적시운은 대꾸하지 않고서 커럽티드 울프의 사체로 다가

갔다. 그리고 염동력을 사체의 내부로 투사시켰다. 고위 마수의 상징, 아포칼립틱 코어를 찾기 위함이었다.

수색은 그다지 어려울 게 없었다. 육체가 죽더라도 코어가 발하는 에너지는 변함없이 유지되기 때문이다. 오히려 사체가 되었다면 찾기는 더욱 수월하다. 완전히 식어버린 몸뚱이 안에서 유일하게 에너지를 발하고 있을 테니.

적시운은 천마검기를 두른 파편으로 커럽티드 울프의 배를 갈랐다. 그 두껍고 질기던 거죽이 별다른 저항 없이 쩌적 갈라졌다.

약간의 소요 이후 커럽티드 울프의 코어를 손에 넣을 수 있었다. 크기는 마스터 브레인의 코어보다 약간 작았다. 물론 코어에 저장된 에너지량은 크기와는 관련이 없으니, 딱히 실망할 일은 아니었다.

당장 미네르바를 이용해 확인하고 싶었지만 일단은 미뤄 두기로 했다. 지금은 여기서 벗어나는 것이 우선이었다.

'더 챙길 만한 것은?'

엘리트 레벨 커럽티드 울프의 발톱이나 가죽이라면 제법 비싸게 팔아치울 수 있을 터. 다만 문제는 그것들이 방사능 범벅이라는 점이었다. 무리해 가면서까지 챙길 정도는 아니었다.

적시운은 미련 없이 물러나기로 했다. 어차피 가장 가치 있는 전리품을 챙겨두었기도 했고.

"후우."

지하층을 벗어난 적시운이 나직이 한숨을 내쉬었다.

가이거 카운터를 켜보니 방사능 수치는 많이 떨어진 상태였다. 그래도 안심할 수는 없었기에 작센으로부터 받은 약품 상자를 열었다.

먹는 약품과 뿌리는 약품. 전자는 피폭 상태를 치료하는 것이고 후자는 묻어 있는 방사능을 씻어내는 것이었다.

두 가지 약품 처리를 모두 끝마친 후, 적시운은 2층까지 되돌아왔다.

쿠구, 쿠구구…….

상층으로부터 간헐적인 진동이 전해져 왔다. 위에서도 꽤나 치열한 전투가 벌어지고 있는 모양이었다.

'하긴 그랬으니 늑대 새끼 한 마리 얼씬거리지 않았던 거겠지.'

이런 걸 전화위복이라 해야 할까?

어찌 됐든 적시운으로선 일이 잘 풀린 셈이었다. 어느 누구의 방해도 받지 않고 엘리트 레벨 커럽티드 울프를 사냥했으니 말이다.

안전한 선택이라면 역시 이쯤에서 발을 뺄는 것이었다. 그리고 대다수의 안전한 선택이 그러하듯, 그다지 끌리지는 않았다.

'다른 한 놈까지 처리할 수 있다면.'

단순히 경제적 수입 때문만은 아니었다. 오히려 이는 부수적인 면에 지나지 않았다.

적시운이 정말 바라는 것은 성장의 계기. 강적과의 전투는 이를 더없이 충족시켜 주었다. 이는 조금 전의 전투를 통해서도 분명히 느낀 바였다.

게다가…….

[자네가 알고 있는지는 모르겠네만.]

천마의 음성이 뇌리를 스쳤다.

[마수에게서 뜯어낸 그 물건은 여러모로 영단(靈丹)과 흡사하군.]

'영단?'

영단, 혹은 내단. 이에 대해선 적시운 또한 어렴풋이나마 알고 있었다. 정확히는 머릿속에 각인된 천마의 기억을 통해서.

'수천 년 묵은 기수영물의 몸에 축적된 영기는 구슬의 형태로 화하는데 이것을 곧 영단이라 부른다…….'

[그렇다네.]

'마수와 비슷한 짐승들이 실제로 있었다고?'

[물론일세. 예컨대 본좌가 잡았던 놈은 천 년 묵은 현무였지.

등껍질의 지름만 무려 육 척에 달하는 거대한 놈이었다네.]

'그게 천 년씩이나 묵었는지는 어떻게 알았는데? 직접 천 년 동안 관찰한 사람이 있는 것도 아닐 테고.'

[그야…… 그렇긴 하지만…….]

'천 년이니 수백 년이니 하는 거, 결국은 그냥 갖다 붙이기 나름 아냐?'

[으음, 흠흠. 지금 중요한 점은 그것이 아니라고 보네만.]

그렇기는 했다. 그와 별개로 천마가 당황하는 모습을 더 보고 싶기도 했지만.

적시운은 본론으로 돌아왔다.

'어쨌든 이 코어가 당신이 말하는 영단과 비슷하다는 거지?'

[그렇다네. 짐작하건대 그 물건에도 내공을 증진시키는 영험이 있을 것으로 보이는군.]

실제로 대량의 코어를 흡수하여 랭크 업을 했다는 기록도 남아 있긴 했다. 다만 이런 경우는 그야말로 극소수에 불과했는데, 수지가 너무 맞지 않았기 때문이다.

'이 정도 코어 수십 개가 있어야 B랭크 구간에서 랭크 업을 할 수 있을까 말까 한 수준이라고 들었어.'

[그건 음용 방식이 잘못되었기 때문이라고 생각되네만.]

'그러니까…….'

적시운은 손에 들린 커럽티드 울프의 코어를 응시했다.

'제대로 된 방식을 사용한다면 적은 양으로도 랭크 업을 할 수 있다는 거야?'

[그것까진 장담하지 못하겠군. 본좌가 알고 있는 지식은 어디 까지나 영단에 대한 것인지라.]

'그래도 코어랑 그게 상당히 흡사하다며?'

[그건 확실하네.]

적시운은 천장을 응시했다. 일단 한 가지만큼은 분명해 보였다.

'코어가 많아서 나쁠 것은 없다는 거지.'

그리고 바로 위에 놈이 있었다. 또 하나의 엘리트 레벨. 아마도 적시운이 해치운 녀석보다 강할 것으로 추정되는 커럽티드 울프가.

케르베로스 길드 쪽에 내주기엔 아까웠다. 무엇보다 그들이 제대로 사냥할 수 있을지도 의문이었고.

'놈은 보통내기가 아니었어.'

수 ㎞ 떨어진 거리에서 스치듯 지나간 것이 전부. 하지만 그 짧은 순간에도 놈이 보통 마수가 아니란 것쯤은 알 수 있었다. 늑대 무리를 인간 군대 다루듯 지배하는 것 또한 그 녀석일 터. 놈은 진실로 늑대들의 왕이었다. 그리고 지금쯤, 늑대굴 안으로 들어온 먹잇감들을 처치할 계획에 몰두하고 있을 터였다.

찰나에 지나지 않은 짧은 순간, 밀리아의 시선은 놈의 시선과 맞닿고 있었다.

엘리트 레벨 커럽티드 울프. 늑대 무리의 지배자.

버서커의 본능이 말하고 있었다. 놈의 시선은 단순한 짐승의 그것과는 다르다고.

본능과 감정뿐인 짐승의 시선이 아닌 냉정하기 짝이 없는 사냥꾼의 시선. 놈의 시선이 속삭이는 듯했다.

"네가 우두머리라는 것을 알고 있다."

텅!

커럽티드 울프가 땅을 박찼을 때 밀리아는 놈이 결정을 내렸다는 것을 실감했다.

우두머리부터 죽인 후 나머지를 처리한다.

"크읏!"

이를 꽉 악물고서 대검을 쥔 양손에 힘을 가했다. 근육과 힘줄이 팽팽히 당겨진 상태에서 그녀는 정면을 향해 뛰었다. 물러나거나 회피했다간 진형이 붕괴된다. 그녀는 지휘관이지만 동시에 탱커였고 어떻게든 공대원들을 지키는 게 그녀의 의무였다.

"이야아아!"

근력과 무게를 충분히 실은 횡베기. 중형 전차마저 갈라 버릴 만큼 강력한 검격이었다.

달려들던 커럽티드 울프가 입을 쩍 벌렸다. 물러나려는가 싶었지만 놈의 속도는 도리어 빨라졌다.

콱!

커럽티드 울프, 늑대의 왕이 대검을 깨물었다. 무시무시한 기세로 휘둘러지던 검격 또한 거짓말처럼 멈추었다.

우뚝!

밀리아는 그 반동을 고스란히 받았다. 검에 쏟아부은 만큼 의 힘이 그대로 반작용이 되어 그녀의 몸을 강타했다.

울컥.

배 속 깊은 곳에서 신물이 치솟았지만 그녀는 이를 악문 채 도로 삼켰다.

아직 끝이 아니다. 버서커의 싸움은 지금부터였다.

'이빨을 모조리 뽑아주지!'

밀리아는 깨물린 상태 그대로 검을 휘두르려 했다.

쿠구구구!

재차 펼쳐지는 버서커의 격분. 밀리아의 근육이 앞선 것 이상으로 크게 팽창했다.

"크아…… 앗!"

그녀는 있는 힘껏 대검을 횡 방향으로 당겼다. 수 톤 무게의 마수조차 가볍게 끌어당기는 초인적인 힘이 대검에 가해졌다. 그러나 커럽티드 울프는 꿈쩍도 하지 않았다. 도리어 밀리아의 두 눈이 새빨갛게 충혈됐다. 너무나 힘을 준 나머지 안구의 실핏줄이 터져 버린 것이다.

"검을 놓고 물러나!"

후방에 있던 그렉이 소리쳤다. 밀리아는 물러날 수가 없었다. 그녀가 물러나는 순간, 안으로 파고든 커럽티드 울프에 의해 진형이 무너질 터였기에.

"이 개새끼!"

기간틱 아머가 달려와 커럽티드 울프를 측면에서 후려갈겼다. 모델명 레드 비스트(Red Beast). 기본 중량만 3톤에 달하는 중형 아머였다. 한데도 커럽티드 울프는 밀려나지 않았다. 도리어 레드 비스트가 앞으로 나온 탓에 진형만 일그러졌다.

"물러나서 자리를 지켜!"

밀리아가 소리쳤으나 늑대들이 한발 빨랐다. 놈들은 약속이라도 한 듯 공대원들을 향해 동시에 달려들었다.

"도와라!"

"모조리 해치워!"

2차 투입조 또한 급히 달려와 맞섰다. 결국 안팎으로 적과 아군이 뒤엉킨 형국이 되었다.

순식간에 전개된 난전. 그런 와중에도 우두머리, 늑대들의 왕의 태도는 침착했다. 마치 예상대로라는 듯, 너희는 내 발바닥 안에 있다는 듯.

그 사실이 밀리아를 열 받게 했다.

"우리를 우습게 봐?"

대검을 뽑아내는 것은 포기했다. 대신에 그녀는 그대로 도약하여 커럽티드 울프의 눈을 노렸다.

"애꾸가 되고 나서도 그럴 수 있나 보자!"

있는 힘껏 냅다 주먹을 꽂는다.

밀리아는 오직 그것만 노리고서 쇄도했다. 그러나 주먹은 애꿎은 허공만 갈랐다. 그 짧은 순간에 왕이 뒤로 몸을 빼낸 것이다. 수 m에 달하는 거체에서 나왔다고는 믿기 어려운 순발력이었다.

콰직!

훌쩍 물러났던 왕이 앞발로 밀리아의 몸통을 후려쳤다. 무방비 상태였던 그녀의 몸이 블로킹당한 배구공처럼 바닥에 처박혔다.

으드득.

온몸의 뼈가 부서지는 흉물스러운 소리.

밀리아는 팔다리가 부러진 채로 혼절했다. 그저 희미하게 흉부가 오르락내리락할 따름. 버서커의 이름이 무색해지는 처참한 광경이었다.

왕은 구태여 그녀의 숨통을 끊지 않았다. 내버려 둬도 죽으리라는 계산과 죽이지 않아도 상관없다는 자신감이 더해진 결론일 터였다.

"제기랄."

욕설을 내뱉은 그렉이 밀리아를 향해 내달렸다. 이미 원래의 진형은 붕괴되어 늑대들과 인간들이 무분별하게 뒤엉킨 혼전이 펼쳐지고 있었다. 공대원들에게 있어선 결코 좋지 않은 전개였다.

'어쩌면 우리는…….'

그렉은 이를 악물었다.

'이곳에서 전멸하게 될지도 모른다.'

3

ㅡ밀리아! ……밀리아!

헨리에타의 다급한 음성.

밀리아의 블루투스 통신기에서 흘러나오는 목소리였다. 그렉은 재빨리 그녀 곁으로 다가가 통신기를 낚아챘다.

"밀리아는 쓰러졌다."

—그렉? 그렉이야?

"그래, 상황이 좋지 않다. 진형이 붕괴됐고 늑대들은 날뛰는 중이다."

—조금만 버텨줘. 우리가 당장 구하러 갈게!

"고마운 얘기지만…… 공대원 10명이 추가된다고 상황이 바뀔 것 같지는 않다."

크릉!

일반 커럽티드 울프가 그렉을 향해 덮쳐들었다. 다행히 타이밍 좋게 기간틱 아머 한 기가 그 앞을 가로막았다.

그렉은 밀리아의 몸을 뒤로 끌어당겼다. 질질 끌리는 그녀의 몸 아래로 진득한 핏자국이 이어졌다.

"뭔가 다른 방법을 생각해 줬으면 좋겠다."

"다른 방법이라고?"

헨리에타는 가슴을 움켜쥔 채 숨을 가쁘게 몰아쉬었다.

지지직, 지지직.

대형 모니터에 비치는 화면은 온통 노이즈로 도배되어 있었다. 이따금 나타나는 광경 또한 결코 희망적이지 않았다.

거세게 흔들리는 화면 안에서 커럽티드 울프들의 이빨이 튀어나오는 식이었으니. 스피커를 통해 들려오는 것은 고함과 비명, 강철이 찢기고 육신이 부서지는 소리뿐.

동료들이 죽어가고 있었다. 그들을 구하러 가야만 했다.

'하지만……!'

그렉의 말마따나 남은 인원을 보내는 정도로는 어림도 없었다. 사이좋게 늑대 밥이 되지나 않으면 다행.

'그렇더라도!'

헨리에타는 어깨에 멘 저격 소총을 끌렀다.

"선장님, 노르망디를 백화점의 외벽 쪽으로 이동시켜 주세요."

"좋은 방도라도 있나?"

"9층의 동쪽 벽을 부수면 곧바로 전장이에요. 그곳으로 사격을 가해 늑대들을 물러나게 한다면……."

"괜찮겠나? 공대원들이 피격당할 수도 있네만."

"전멸하는 것보다는……."

헨리에타는 말을 잇지 못하고 입술을 깨물었다. 그녀는 휙 고개를 돌려 매카시를 돌아봤다. 시타델 최고의 특무요원이라면, A랭크 뇌전술사라면…….

"미안하지만."

그녀의 시선을 받은 매카시가 냉정히 대꾸했다.

"나의 임무는 참관일 뿐. 그 이상의 뭔가를 해야 할 의무는 없소."

"시타델의 입장에선 케르베로스 길드와 라트린 후작가에 큰 빚을 안길 수 있을 텐데요?"

"저 안에 에스텔 라트린이 포함되어 있었다면 그랬겠지. 하지만 그녀는 투입조에 편성되지 않았잖소."

"……"

매카시의 지적은 정확했다. 위험성 때문에 에스텔을 후방 지원조로 배치해 두었었던 것이다.

"여기서 공격대가 전멸한다 하더라도 시타델에는 책임을 물을 수 없소. 그것이 도의적인 것이든 물질적인 것이든."

"그건……."

"신중하지 않은 판단으로 매복에 당하게끔 만든 것은 시타델이 아니니 말이오."

통렬한 지적이었다. 헨리에타는 허물어지려는 몸을 간신히 추슬렀다.

"제발…… 부탁이에요. 바라는 게 있다면 뭐든지 들어 드리겠어요."

"미안하지만."

매카시는 냉정한 눈으로 안경을 추켜올렸다.

"귀하나 케르베로스 길드에는 내 흥미를 끌 만한 것이

없소."

"큭……!"

움켜쥔 주먹을 바르르 떠는 헨리에타. 매카시는 감흥 없는 얼굴로 그녀에게서 시선을 돌렸다. 애초에 그가 토벌을 참관하기로 한 목적은 다른 데 있었다.

'놈이 나타날지도 모른다.'

그의 추적을 피해 감쪽같이 종적을 감춘 사내, 적시운. 그의 흔적은 시타델의 네트워크에서도 서류상으로도 나타나지 않았다.

'아마도 신분과 아이디를 위조했을 테지.'

이 경우 행방을 수소문한다는 건 쉽지 않았다. 그리 흔하지 않은 동양인이라고는 하지만 얼굴을 감추거나 위장할 방법쯤은 얼마든지 있었고.

하여 매카시는 다른 방향으로 접근하기로 했다. 그를 찾는 것이 아니라 그와 연관된 사람의 곁을 주시하기로.

그때 나타난 게 이 여자였다. 말투나 태도로 보아 상당히 맹랑한 계집이었다. 그 점이 심기를 건드렸지만 매카시는 참기로 했다. 그는 프로페셔널이었기에.

그 와중에 흥미로운 사실을 하나 알아냈다. 헨리에타를 포함한 소수의 케르베로스 길드원이 던전화된 지하철역을 소탕하러 갔었다는 사실이었다.

목표는 브레인 이터 무리, 의뢰자는 그린베레 길드. 서류 상으로는 의뢰를 거절한 것으로 나와 있었지만 진위를 가려내는 것쯤은 매카시에겐 간단했다.

'그들은 브레인 이터 사냥을 나섰었다.'

그리고 여기서 튀어나온 또 하나의 자료. 헨리에타 일행이 기절한 채 병원으로 실려 왔었다는 기록을 찾아낼 수 있었다. 그리고 브레인 이터 무리와 마스터 브레인은 소탕되었다. 정체를 파악하기 힘든 누군가에 의해.

'누군가 마수들을 해치우고 그녀를 포함한 인간들을 구출했다.'

이쯤 되면 괜찮은 가설 하나가 만들어지는 것이다.

'이 계집을 주시하다 보면 놈과 조우할 수 있을 것이다.'

그 후 수일에 걸쳐 헨리에타를 관찰했다. 하지만 그녀 또한 적시운의 행방에 대해선 전혀 모르는 눈치였고, 적시운 또한 그녀 곁에 얼씬도 하지 않았다.

'내 존재를 눈치챈 것인가?'

그게 아니면 그가 세운 가설 자체가 잘못된 것인지도 몰랐다. 어느 쪽이 되었든 시간을 계속 소모한다는 것은 의미가 없었다.

'그렇다면……'

마지막으로 딱 한 번 시험해 보기로 했다. 과연 놈이 나타날 것인지 아닌지에 대하여.

그리하여 이번 참관에 나서게 된 매카시였다. 다만 지금까지는 놈이 나타날 낌새를 조금도 느끼지 못했다. 그렇다면 더 이상 볼일은 없는 셈이었다. 공대원이 전멸하든 말든 그가 알 바는 아니었다.

헨리에타는 무엇이든 바라는 걸 들어주겠다고 했지만, 그가 그녀에게서 바라는 것은 하나뿐이었다.

적시운의 행방.

하지만 헨리에타 또한 이를 알지 못했다. 그렇기에 매카시로선 구태여 그녀를 도울 이유가 없는 것이었다. 게다가 약간이지만 이쪽이 통쾌하기도 했고.

'이 매카시의 심기를 거스른 대가다.'

매카시는 손으로 입을 가린 채 미소 지었다. 대놓고 웃어도 문제 될 것은 없겠지만 그건 너무 품위 없는 짓이라는 게 그의 생각이었다.

상황은 실시간으로 악화되는 중이었다. 케르베로스 길드가 제법 분투하고 있었지만, 전멸하는 것은 시간문제일 터였다.

당장 '왕'이 움직이기만 해도…….

'한데 왜 놈은 가만히 있는 거지?'

레이더 및 화면을 통해 유추해 본바, 왕은 쌍방 간의 전투에 참여하지 않고 있었다. 처음에 밀리아를 쓰러뜨린 것이 전부. 그 이후엔 전투에서 물러나 전황을 주시하고만 있었다.

'어째서?'

놈이 나선다면 상황은 삽시간에 정리될 것이다. 최대한 낮게 보더라도 놈의 전투력은 트리플 B랭크. 그것도 상당히 A랭크에 가까운 수준이었으니까.

수하들을 단련하기 위해서일까?

어쩌면 혹시 모를 인간 측의 계교에 대비하고 있는 것인지도 몰랐다. 놈의 지성은 짐승의 수준을 아득히 넘어섰으니.

'그게 아니면 다른 뭔가가 있는 것인가?'

매카시의 얼굴에 의혹이 생겨났다.

왕은 전방을 주시했다. 전황은 완연한 우세를 이루고 있었다. 일견 쌍방의 전력이 팽팽하게 맞물리는 듯했지만 실상은 커럽티드 울프 측이 한결 여유로웠다.

인간들의 우두머리는 거꾸러졌다. 호흡은 유지하고 있었지만 사실상 죽은 것이나 다름없었다. 최소한 이 전투에 복귀하는 것은 불가능할 테니. 이는 그 인간 암컷의 특출한

재생력까지 감안한 후의 판단이었다.

쉽게 죽이진 않는다. 최대한 천천히, 고통과 절망 속에서 죽어가도록 만든다. 그것이 자신의 동족을 처참히 죽였던 인간에 대한 복수라고, 왕은 생각했다.

하지만 그것이 전부는 아니었다. 그는 고작 복수심과 여유 때문에 전투에 참여하지 않은 것이 아니었다. 기묘한 이질감이 그의 심기를 살살 긁었던 것이다.

뭔가 이상하다.

왕은 그렇게 생각했다.

그녀의 체취가 이상하게도 가깝게 느껴졌다. 지금쯤 지하층에 마련된 보금자리에서 쉬고 있어야 하거늘, 어째서 그녀의 향기가 이렇게나 가까이에서 느껴진단 말인가?

전투에 참여하기 위해 올라왔을 리는 없었다. 그는 이 무리의 절대자였고, 왕으로서 그녀에게 자리를 지킬 것을 명했다. 그리고 그의 아내, 여왕은 단 한 번도 명령을 어긴 적이 없었다. 그 현명함이 그녀를 왕의 반려로 만들었기에.

쿵. 쿵. 쿵. 쿵.

왕의 심장 박동이 차츰 빨라졌다. 호흡이 가빠지고 안구의 실핏줄이 붉거졌다. 가까워지는 그녀의 체취 속에서 희미한 비린내를 감지했기 때문이다.

피 냄새. 그녀의 것이었다.

뿌득, 뿌드득!

왕의 몸이 순간 부풀어 올랐다. 온몸의 근육이 팽팽히 긴장되었고 진득한 살기가 안개처럼 퍼져 나왔다. 그 무시무시한 기세에 전장의 모두가 순간적으로 얼어붙었다. 인간들은 물론이요, 늑대들 역시.

크아아아!

왕의 포효가 쩌렁쩌렁하게 울렸다. 더 이상은 늑대의 하울링이라고도 부르기 힘든, 그야말로 괴물의 외침.

층 전체가 후들후들 흔들렸다. 천장으로부터 파편과 부스러기가 우수수 떨어져 내렸다.

'끝장인가.'

그렉은 공포와 절망 속에서 이를 악물었다. 놈이 지금 이 안으로 뛰어든다면 닭장 안에 뛰어든 맹수나 다름없을 터. 어쩌면 자신들이 사냥한 그레이트 샌드웜보다 강할지도 모른다는 생각이 들었다. 게다가 샌드웜 사냥 때와 달리 환경 및 상황이 너무나도 불리하다는 걸 감안하면⋯⋯.

텅!

놈이 바닥을 박찼다. 그러나 케르베로스 공대원들을 향하여 짓쳐 들지는 않았다. 대신에 계단 쪽을 향하여 무시무시한 기세로 질주했다.

"뭐지⋯⋯?"

한순간 그렉을 포함한 공대원들은 멍해졌다.

놈이 또 다른 계략을 꾸미는 것일까? 그게 아니라면 헨리에타가 뭔가 수를 써서 놈을 꾀어낸 것일까?

어느 쪽이 되었든 한 가지만은 분명했다. 이 기회를 놓친다면 그들을 살아 돌아갈 수 없으리라는 것.

"내 쪽으로 모여! 다시 한번 진형을 구축한다!"

그렉의 외침에 공대원들이 퍼뜩 정신을 차리고는 움직였다. 반면 커럽티드 울프들은 여전히 당황하고 있는 모습이었다.

'할 수 있다!'

앞서 구축했던 방어진은 빈약할 수밖에 없었다. 고작해야 인원이 10명에 불과했으니.

하지만 이번엔 달랐다. 사망자를 제외하더라도 최소 15명이 추가된 뒤였으니까. 부실하긴 해도 공격대 규모를 갖춘 셈. 진형의 견고함은 이전에 비할 바가 아니었다.

물론 이번엔 방어만 하고 있어선 안 됐다. 언제 다시 왕이 돌아올지 알 수 없었으니 말이다. 현재로선 공격이야말로 최선의 방어. 공대원들도 이를 알고 있기에 명령이 없었는데도 자연스레 공격진을 구축했다.

"정신들 똑바로 차려! 놈이 돌아오기 전에 뚫고 나간다!"

그렉의 명령을 들은 공대원들의 눈이 날카롭게 빛났다.

"잘했어, 그렉!"

헨리에타가 밝아진 얼굴로 소리쳤다. 하늘이 도왔다고밖엔 표현할 길이 없었다. 원인이 무엇이든 케르베로스 길드가 불구덩이에서 빠져나왔다는 것만큼은 분명했다.

"선장님! 동쪽 벽을 부술 준비를 해주세요. 그렉, 들려? 좌표를 전송할 테니 그쪽으로 동료들을 이끌어줘!"

바쁘게 명령을 내리는 헨리에타. 그 와중에도 한 가지 의문이 그녀의 머릿속을 떠나지 않았다.

'어째서 왕이 갑자기 수하들을 버리고 떠난 거지?'

우뚝.

층계의 중간을 오르던 적시운이 걸음을 멈췄다. 무시무시한 속도로 접근해 오는 존재 하나를 감지했던 까닭이다.

홱 고개를 돌려 주머니를 뒤졌다. 커럽티드 울프에게서 얻은 코어가 손에 잡혔다. 미처 닦아내지 못한 핏방울이 코어의 표면 위에 달라붙어 있었다.

"냄새를 맡았구나."

오싹한 긴장감이 등허리를 훑었다. 적시운은 심장이 거칠게 맥동하는 것을 느끼며 웃었다.

"와라."

4

콰드드득! 콰지직!

천장으로부터 연신 흙모래가 떨어졌다. 몸에 비해 상당히 좁은 층계를, 왕이 비집고 들어와 날뛰고 있는 게 분명했다.

'제정신이 아니군.'

늑대는 단순히 지능이 뛰어난 것뿐 아니라 부부 간의 우애 또한 뛰어난 편으로 알려져 있다.

생태계에선 그리 흔하지 않은 경우.

어떤 면에선 인간보다도 낫다고 할 수 있으리라.

늑대를 기반으로 한 커럽티드 울프 또한 마찬가지인 모양. 분명한 것은 놈이 아내의 죽음을 직감했으며 그로 인해 폭주하고 있다는 점이었다. 특유의 냉정과 판단력마저 상실한 채.

'그러니 이 좁아터진 비상계단으로 무턱대고 뛰어들었겠지.'

인간의 기준으로는 넉넉한 공간. 그러나 몸길이만 수 m에 달하는 마수에겐 우리나 다름없을 터였다.

콰지지직!

비좁기 그지없는 공간을 쑤시고 헤치며 왕은 적시운을 향해 내려오고 있었다.

'아직 여유가 있다.'

놈의 속도를 생각한다면 황당하기까지 한 일. 좁은 공간은 뚫다시피 하며 오느라 속도가 무척이나 느려졌다. 이 기회를 놓칠 수야 없는 일이었다.

적시운은 천장 방향을 향하여 클레이모어를 박고는 도폭선을 설치했다. 휴대의 편의성을 위해 소형화된 클레이모어의 위력은 원래의 그것보다 약했지만 층계를 난장판으로 만들기엔 충분할 터였다.

꼼꼼하게 할 것 없이 대강 펼쳐 놓다시피 했지만 걱정은 없었다. 놈의 몸 크기로 보건대 도저히 건드리지 않을 수 없을 테니.

콰드드득! 콰득!

떨어지는 콘크리트 파편의 수가 한층 많아졌다. 놈이 지척까지 다가왔다는 뜻.

적시운은 계단 옆 비상구 바깥으로 몸을 날렸다.

백화점 4층. 텅 빈 식품코너가 적시운을 반겼다.

얼마 지나지 않아 늑대들의 왕이 적시운이 서 있던 자리까지 쇄도해 왔다.

그리고 도폭선을 건드렸다.

콰과과광!

고막을 찢는 수준의 굉음과 함께 클레이모어들이 격발됐다. 수백 발의 볼베어링이 후폭풍을 타고서 왕의 몸체를 두들겼다.

여파는 거기서 그치지 않았다. 안 그래도 왕이 부수며 내려오느라 약해진 계단이 폭발로 인해 붕괴됐다. 볼베어링에 두들겨 맞은 왕의 위로부터 계단의 파편이 쏟아져 내렸다.

콰르르르!

비상구의 철문이 홱 열리며 대량의 흙먼지를 토해냈다. 적시운은 넘어진 대형 테이블 뒤로 몸을 숨겼다.

굉음은 한동안 이어졌다. 붕괴의 규모가 적시운의 예상보다도 거대했던 까닭이다.

쿠구구구……!

차츰 잦아드는 소음. 4층 전체가 흙먼지로 뒤덮인 가운데 적시운은 천천히 몸을 일으켰다.

'놈은?'

비상구는 토사와 파편으로 완전히 틀어막혔다. 내장처럼 삐져나온 흙더미는 미동조차 없었다. 텔레포트 능력을 지닌 거라면 모를까 낙석을 피하진 못했으리라. 놈이 토사에 완전히 파묻혔다는 건 분명했다. 하지만 죽었을 거라 생각하긴 어려웠다. 고작 이 정도에 죽을 놈이었다면 공격대가 나서지도 않았을 터. 적시운은 토사 너머로 기감을 집중시켰다.

두근.

"……!"

심장 소리가 적시운의 감각을 두드렸다. 망막에 비치는 흙더미가 꿈틀대는 동맥처럼 위아래로 불끈거렸다.

놈이 살아 있다.

콰앙!

흙더미가 폭발하듯 사방으로 튀었다. 적시운은 반사적으로 테이블 뒤로 몸을 날렸다. 엘리트 레벨 커럽티드 울프, 늑대들의 왕이 돌무더기 바깥으로 뛰쳐나왔다.

놈은 본능적으로 적시운이 있는 방향으로 쇄도했다. 부상을 입었는지 몸 곳곳에 붉은 얼룩이 묻어 있었지만 속도는 아내의 그것을 훨씬 상회했다.

쾅!

왕이 테이블을 반으로 쪼개고 지나갔다. 적시운은 그새 반대편으로 몸을 날린 직후. 인간과 늑대가 거의 동시에 서로를 향하여 방향을 틀었다.

타앙!

7.62㎜ 철갑탄이 허공을 갈랐다. 정조준조차 하지 않고서

날린 것치고는 놀랄 만큼 정확한 궤도였다.

왕은 날아드는 탄환을 피하지 않았다. 도리어 속도를 올려 적시운을 향해 몸을 날렸다.

콱!

탄환은 놈의 어깨에 박혔다. 그러나 가죽을 관통하고 파고드는 데엔 실패했다.

'괴물!'

철갑탄은 쇠 철(鐵)자가 아닌 뚫을 철(徹)자를 사용한다. 영문명 또한 아머 피어싱 불렛(Armor Piercing Bullet). 이름 그대로 장갑을 뚫기 위해 만들어진 탄환인 것이다.

한데 정확히 적중시켰는데도 뚫리지 않았다. 놈의 방어력이 최소한 중장갑 전차에 버금간다는 뜻이었다.

경악하는 사이 왕이 지척까지 접근했다. 아내를 상대하던 때처럼 겨드랑이 아래로 빠져나갈까 생각하던 적시운은 이내 마음을 접었다. 놈의 앞발에 찢겨 나가는 자신의 모습이 그려지는 것 같았다.

'놈은 아내보다도 빠르고 강하다.'

그렇다면 대처 방안은?

쿵!

적시운은 진각을 밟았다. 오른발이 바닥을 파고들며 그를 중심으로 원형의 균열을 만들어냈다.

천마신공의 권식 제일초 천랑섬권!

그러나 놈을 향한 것은 아니었다. 적시운은 재빨리 상체를 낮추며 바닥을 후려쳤다.

쾅!

그를 중심으로 반경 1미터의 바닥이 깔끔하게 터져 나갔다. 당연하게도 적시운 또한 아래층으로 떨어져 내렸다. 왕의 머리가 아슬아슬한 차이로 허공을 갈랐다.

적시운은 아래층인 3층 바닥에 착지했다.

크허어엉!

왕의 포효가 쩌렁쩌렁 울렸다. 천장의 흙먼지가 후드득 떨어져 내렸다.

놈이 구멍을 향해 몸을 들이밀었다. 하지만 머리통과 앞발만이 간신히 통과할 수 있었을 따름. 결과적으로 구멍에 허리가 끼어버렸다.

'여기까진 예상대로.'

일부러 그 정도 크기의 구멍이 만들어지게끔 힘 조절을 한 적시운이었다.

물론 놈의 완력이라면 부수고 들어오는 것쯤은 일도 아닐 테지만 조금이나마 시간을 벌었다는 게 중요했다. 약간의 여유만으로도 전투의 템포를 장악할 수가 있기에.

적시운은 총구를 왕에게 겨누었다. 이번엔 놈의 왼쪽 눈을 정조준하였다.

탕!

탄환을 쏘는 동시에 염동력으로 수류탄을 까서 날렸다. 놈이 머리를 흔드는 통에 탄환은 안구를 비껴가 귀를 꿰뚫었다.

연이어 날아든 수류탄은 왕의 코앞에서 폭발했다. 큰 타격을 주지는 않았으나 놈의 분노를 부채질하기엔 충분했다.

빠직, 빠지직!

천장에 균열이 생기는가 싶더니 삽시간에 깨어져 나갔다. 늑대들의 왕이 바닥을 향해 떨어져 내렸다.

적시운은 주변에 널브러져 있는 쇠막대기 하나를 집었다. 탄환은 둘째 치고 가지고 온 폭약의 절반을 퍼부었는데도 치명상을 입히는 데엔 실패했다. 한가하게 저격을 할 여유 또한 다시는 잡기 힘들 터. 결국 가장 강하고 확실한 무기를 사용할 수밖에 없었다.

"후우."

심호흡을 한 적시운이 내력을 집중시켰다.

스스스스.

칠흑빛의 천마검기가 지렛대 끝에 맺혔다.

제11장
폭풍우(2)

쿠궁, 쿠구구궁……!

아래층으로부터의 폭발이 백화점을 흔들었다. 커럽티드 울프와 대치 중이던 케르베로스 공대원들은 황급히 자세를 낮추어 균형을 잡았다.

"헨리에타가……?"

하지만 그럴 가능성은 높지 않았다. 노르망디는 아직 9층 외벽 너머에 있었으니까.

제3의 세력이 개입한 것인지도 모르겠다는 생각이 들었다. 어쩌면 시타델 정부 측 병력이 출동한 것일 수도 있다. 뭐가 되었든 공대원들로선 다행일 따름이었다.

커럽티드 울프들은 확실히 당황한 모양새였다. 왕이 있을 때와 달리 인간들이 포위망을 뚫고 나오는데도 주춤거리기만 했다.

"으음……."

미약한 신음에 그렉은 품 안을 내려다봤다. 밀리아가 정신을 차린 듯 눈을 깜빡이고 있었다.

"정말 목숨줄 한번 질기군. 회복력은 말할 것도 없고."

"우리들…… 아직 살아 있는 거야?"

"운 좋게도 그렇다."

"그 괴물은?"

어떤 괴물을 말하는지는 물을 필요도 없었다.

"놈은 갑자기 계단 쪽으로 달려가 버렸다. 그 덕에 우리는 숨통이 트였지."

"헨리에타가 뭔가 수를 쓴 걸까?"

"모른다. 그래도 뭐가 됐든 간에 행운이라는 것만은 분명해."

"그러게. ……으윽."

밀리아가 몸을 뒤척이려다 신음했다. 그녀의 부러진 팔다리는 응급처치도 받지 않은 상태로 대롱거리고 있었다.

"응급처치를 할 시간이 없었다."

그렉의 설명에 그녀는 고개만 끄덕였다.

"좀 잘생긴 녀석한테 안겼다면 좋았을 텐데."

"거 미안하게 됐군."

퉁명스러운 대구에 그녀가 피식 웃었다.

콰광!

낡은 벽이 터져 나가며 햇빛이 쏟아져 들어왔다. 비행선 노르망디가 토해내는 기동음이 9층을 휩쓸었다.

흥분한 커럽티드 울프들이 노르망디를 향해 으르렁거렸다. 그러나 앞서 옥상에서 요격하던 때와 달리 조직적인 움직임은 전혀 보이지 않았다.

드르르륵!

노르망디의 쌍익으로부터 미니건이 불을 뿜었다.

케켕!

두어 마리의 커럽티드 울프가 멍청히 짖기만 하다가 탄환 세례에 피투성이가 되었다. 나머지 늑대들이 펄쩍 기겁하여 물러났다. 생각이 있다면 인간들에게 달라붙어 사격을 멈추게 했겠지만 지금의 커럽티드 울프들에겐 불가능한 일이었다. 애초부터 왕을 제외한 놈들의 지성은 그렇게까지 빼어나지 않았던 것이다.

-그렉! 상황은 좀 어때?

밀리아의 통신기로부터 헨리에타의 음성이 들려왔다.

그렉은 잠시 생각하고는 단언했다.

"지금이라면 놈들을 소탕할 수 있다."

-괜찮겠어?

"우두머리가 없는 이상 놈들의 전력은 반 이하라고 봐도 무방하다. 게다가……."

그의 시선이 비상구 방향을 훑었다. 앞선 붕괴로 인해 흙먼지가 뭉게뭉게 피어오르는 중. 보아하니 층계가 토사로 인해 봉쇄된 듯했다.

"우두머리는 당분간 돌아오지 못할 거다. 원인은 잘 모르겠지만 말이지. 혹시 시타델 정규군이라도 나선 것인가?"

[그건…… 잘 모르겠어.]

"그런가. 알겠다. 어쨌든 추가적인 문제만 없다면 임무를 속행해도 될 것 같다."

[알겠어. 노르망디를 통해 엄호할게.]

통신을 마친 그렉이 밀리아를 돌아봤다.

"미안하게 됐군. 네가 해야 할 일을 가로채서."

"됐어. 나보다는 네가 백배는 더 나은 것 같으니."

"그렇긴 하지."

일말의 망설임도 없는 대답에 밀리아는 혀를 찼다.

통신을 마친 헨리에타가 매카시를 돌아봤다.

"조금 전의 붕괴, 에메랄드 시타델과는 아무 관련도 없는 건가요?"

"……."

매카시는 대답하지 않았다. 이제는 대답조차 안 할 것이냐고 따지려던 헨리에타는 그의 눈빛을 보고서 움찔했다. 매카시는 레이더 화면을 뚫어져라 노려보고 있었다. 경악과 충격, 그리고 약간의 살의마저 담긴 눈으로.

'설마…… 설마!'

화면을 노려보던 매카시가 홱 몸을 돌렸다.

"잠깐, 어딜 가려는 거죠?"

헨리에타가 물었으나 그는 대꾸조차 하지 않았다. 그녀가 뒤를 쫓으려 했으나 큼직한 손이 앞을 가로막았다.

"따라가지 말게. 공대장으로서 이 자리를 지켜야지."

선장인 다임백이었다.

"그건…… 그렇겠죠."

"저자가 풍기는 분위기, 심상치 않았어. 따라가 봤자 좋은 꼴을 보기는 어려웠을 걸세."

"대체 갑자기 왜 저러는 걸까요?"

"그건 모르겠지만……."

잠시 침묵하던 다임백이 말했다.

"뭐가 되었든 피 냄새가 진하게 난다는 것만은 분명해 보이는군."

헨리에타는 고개를 끄덕였다. 이번 토벌은 그녀가 생각하는 것 이상으로 복잡한 상황들이 얽혀 있는 게 분명했다.

'그 정확한 실체까지는 모르겠지만……'

깊이 파고들수록 위험해지리라는 것만은 분명했다. 그녀는 더 이상 매카시에 대해 생각하지 않기로 했다. 지금은 다임백의 말마따나 공대장으로서의 임무에 충실해야 할 때였다.

5

쿵!

적시운은 강하게 진각을 밟았다. 앞서 천랑섬권을 펼칠 때보다도 거대한 균열이 그의 발아래에 생겨났다.

손아귀에 들린 쇠막대 끝에서 칠흑빛 기운이 일렁였다. 마치 주변의 어둠을 모두 빨아들여 응집시킨 것만 같은 모습.

늑대들의 왕 또한 본능적으로 위협을 느낀 듯 순간적으로 주춤거렸다.

'기회!'

적시운은 두 번 생각하지 않고 땅을 박찼다.

섬전처럼 펼쳐지는 시우보.

쐐액!

왕의 심장을 도려내는 비수!

적시운의 신형이 흑빛 일직선이 되어 왕에게로 쏘아졌다. 커럽티드 울프의 육체 능력으로도 제때 반응하기 힘들 정도의 스피드였다.

보법에서 검격으로 연계되는 흐름 역시 청산유수처럼 거침이 없었다.

그러나 왕은 역시 녹록지 않았다. 천장에서 떨어져 얼떨떨할 텐데도 그 짧은 순간 동안 반격 태세를 갖춘 것이다.

늑대들의 왕이 적시운을 향해 앞발을 휘둘렀다.

피하거나 흘려내기엔 너무 늦었다. 적시운은 빠르게 판단을 내렸다.

'꿰뚫는다!'

충돌은 순식간이었다. 천풍사의 묘리가 발휘된 검격은 적시운의 상체보다도 거대한 앞발에 큼직한 구멍을 만들었다. 구멍을 뚫고서 나아간 적시운은 놈의 흉부를 향해 막대 끝을 내찔렀다.

'얕았다!'

찌르는 순간의 감촉이 애매했다. 그 짧은 순간 동안 왕이 몸을 뒤로 빼낸 것이다. 위력이 반감되었음에도 놈의 가슴팍에 큼직한 상흔이 생겼다. 하지만 일격에 절명시키지 못한 것은 분명한 사실. 이는 곧 반격의 빌미를 내주었다는 뜻이었다.

과연 왕은 곧장 반격에 나섰다. 왼쪽 뒷다리를 축으로 삼아 몸을 회전시키며 적시운을 향해 꼬리를 휘둘렀다.

거대한 철퇴를 휘두르는 것이나 다름없는 공격. 이는 기실 공성추나 다름없었다.

정통으로 맞았다간 온몸의 뼈가 바스러질 것이다. 적시운은 거의 바닥에 엎드리다시피 하여 놈의 꼬리를 피했다.

부웅!

상당히 거리를 두고 스쳐 지나갔는데도 등가죽이 쓸려 나가는 기분이었다. 천마신공을 통해 단련한 육체조차도 이 공격 앞에선 무의미했을 것이다.

"그래도 피했으니 괜찮아."

적시운은 그렇게 중얼거리며 몸을 일으켰다. 한순간의 실수만으로도 목숨이 오가는 상황인데 공포심은 그다지 느껴지지 않았다. 그보다는 오히려 끝없는 고양감이 몸을 밀어붙이는 느낌이었다.

[무인의 피가 들끓는 것이겠지.]

'시끄러워.'

마음속으로 천마에게 핀잔을 주는 동시에 유엽하를 밟아 횡 방향으로 이동했다.

흥분한 왕이 지체 없이 따라붙었다.

크헝!

그대로 씹어 먹겠다는 듯 놈이 입을 벌린 채 쇄도했다.

'반격할 방법은?'

천랑섬권이나 천풍사는 불가능했다. 펼치기에 앞서 내력을 끌어모으는 준비가 필요했기 때문이다. 이는 적시운이 아직 내기를 다스리는 데에 익숙하지 않은 까닭.

다행히 무공을 대신할 만한 반격 수단이 있었다.

차르륵.

적시운은 가지고 있던 수류탄을 모조리 꺼내어 놈의 아가리 속으로 던졌다. 동시에 염동력을 최대한 발휘해 자신의 몸을 떠밀었다. 가까스로 놈의 사정권에서 벗어났다. 적시운은 반만 남은 콘크리트 기둥 뒤로 몸을 던지는 동시에 놈의 아가리 안으로 염동력을 집중시켰다. 정확히는 수류탄의 뇌관에.

콰앙!

늑대들의 왕이 입으로 불길을 토해냈다. 앞서는 별반 타격을 입히지 못했던 수류탄이었으나 입안에서 폭발한다면 얘기가 달랐다.

후두두둑!

입과 가슴의 양쪽으로 피를 쏟아내며 왕이 비틀거렸다. 수류탄 폭발이 뇌에도 타격을 준 모양. 혹은 그저 대량 출혈로 인한 빈혈 현상인지도 몰랐다.

끝이 보인다.

그렇게 중얼거리던 적시운은 눈앞이 흔들리는 것을 느꼈다.

방사능 피폭으로 인한 현기증.

생각해 보면 근 1시간 가까이를 보호복 없이 방사능에 노출되어 있었다.

'시간이 없다.'

그나마 다행인 점은 끝이 보인다는 것.

적시운은 남아 있는 체내의 기력을 끌어모았다. 이제는 끝을 봐야 할 시간이었다.

"서두르지 않고 전진한다. 근접 딜러들은 절대로 기간틱 아머보다 앞서 나가지 마! 어디까지나 진형을 유지하는 걸 최우선으로 생각해라!"

그렉의 명령에 따라 케르베로스 공격대는 커럽티드 울프 무리를 섬멸해 나갔다.

한번 진형이 갖춰지자 전황이 확 기울어졌다. 늑대들은 더 이상 조직적이지 못했고 그런 상태로 강철의 벽을 뚫는 것은 불가능했다.

"원거리 딜러들은 절대 서두르지 마. 침착하게 하나씩 일점사하여 쓰러뜨린다."

타타타탕!

최고참 딜러가 예광탄을 쏘면 그곳으로 화망을 집중시킨다. 그것만으로도 어렵잖게 늑대들을 벌집으로 만들 수 있었다.

케켕! 켕!

규칙적으로 터져 나오는 비명. 케르베로스 길드원들은 느긋하기까지 한 움직임으로 늑대들을 격멸해 나갔다. 커럽티드 울프의 숫자는 어느새 반수 이하로 줄어든 뒤. 그 와중에도 도망치는 놈이 하나도 없다는 점은 칭찬할 만했으나…….

"멍청한 짓이지."

그렉은 혼잣말로 중얼거렸다. 밀리아가 의아한 시선을 보냈지만 그는 일언반구도 하지 않았다.

상황은 사실상 종결됐다. 남은 변수는 왕이 되돌아오는 경우, 그 하나뿐일 터. 하지만 왠지 그런 일은 일어나지 않을 것 같았다. 설명할 길은 달리 없었지만.

"지휘권을 네게 넘기겠다, 밀리아."

"하지만…… 딱히 더 이상 명령을 내릴 필요도 없어 보이는데?"

"그래서 네게 넘기는 거다."

"아, 그러셔. 참 눈물 나게 고맙네."

밀리아는 그렉의 품에서 내려섰다. 팔다리가 분질러진 지 1시간도 채 되지 않았는데도 걸을 수 있을 정도로 회복이 된 것이다. 정말 문자 그대로 초인적인 회복력이었다.

"헨리에타, 여기 상황은 대충 마무리된 것 같아. 내가 한 일은 아무것도 없지만."

―무사해서 다행이야, 밀리아.

"그러게. 그렉 녀석한테 거하게 쏴야 할 것 같아서 한숨 나오지만."

"딱히 그럴 필요까진 없다."

"시끄러워. 그냥 넘겼다간 네가 괜찮아도 내가 괜찮지 않단 말이야. 찜찜함을 남겨놓는 건 내 성격이 아냐."

"그렇다면 좋을 대로."

―후후. 사이좋네, 두 사람.

헨리에타의 말에 밀리아의 얼굴이 팍 구겨졌다.

"울고 싶다, 정말."

―그건 나도 동감이야.

헨리에타의 목소리에서 숨길 수 없는 씁쓸함이 묻어났다. 토벌 자체는 성공했다지만 피해가 너무 컸다. A랭크인 그레이트 샌드웜을 사냥할 때조차 나오지 않았던 사망자가 이번 늑대 사냥에서만 10명 가까이 나오고 말았다.

언제 어디서 죽음을 맞이할지 알 수 없는 것이 사냥꾼의 운명. 하지만 그걸 감안하더라도 이번 토벌의 피해는 막심했다. 필시 누군가는 책임을 져야 할 터. 그리고 그럴 가능성이 가장 높은 건 역시 공격대장인 헨리에타였다.

'감봉…… 당하는 정도면 그나마 다행이려나. 좌천되는 건 기본이겠지.'

헨리에타는 나직이 한숨을 쉬었다. 통신기를 통해 미안함 가득한 밀리아의 음성이 들려왔다.

─미안해, 헨리에타. 내가 조금만 더 신중했어도…….

"네 잘못이 아냐, 밀리아. 마음에 담아두지 마."

─하지만…….

"이 얘긴 나중에 하자. 지금은 마지막까지 방심하지 말고 수고해 줘."

─응. 그래서 말인데, 달아난 늑대 대장은 어쩔 생각이야?

달아난 것이 아님을 알면서도 그렇게 표현하는 밀리아. 아마도 자존심 때문이리라.

'그건 그렇고…….'

헨리에타는 턱을 괴고 생각했다. 놈이 몸을 던졌던 비상계단은 토사로 인해 폐쇄됐다. 그 외에도 9층까지 올라올 방법이야 많을 테지만 왕은 지금까지도 나타나지 않고 있었다. 가장 희망적인 경우는 토사에 파묻혀 죽은 것이겠지만 그럴 가능성은 극히 낮았다.

'그렇다는 건……'

뭔가가 아래쪽에서 놈을 붙잡아 두고 있다는 뜻. 매카시가 눈이 뒤집혀서 나가 버린 것도 이와 관련됐을 게 분명했다.

'대체 저 아래에서 무슨 일이 일어났기에?'

"드디어 찾아낸 건가."

매카시는 나직이 중얼거렸다.

그는 백화점 1층 플로어에 서 있었다. 사방이 온통 어둠이었기에 소형 플래시 라이트를 켠 채였다.

이능력인 뇌전 기술을 응용해 불을 밝히는 것쯤은 식은 죽먹기. 그러나 매카시는 쓸데없는 곳에 힘을 낭비하지 않는 주의였다. 아무 때나 능력을 소모하다간 정작 중요한 순간에 쓰지 못할 수가 있다는 생각에서였다.

물론 A랭크 이능력자의 능력 스케일을 따져 봤을 때 불을 밝히는 데 소모되는 에너지는 그야말로 무의미했다. 하지만 그럼에도 매카시는 자기 자신의 철칙을 지켰다. 그 철두철미함이 그를 이 자리에까지 오르게 해주었기에.

쿵…… 쿵……!

천장으로부터 간헐적인 진동이 전해져 왔다. 케르베로스 측 전투의 여파라기엔 크고 분명했다.

'놈들이 아직 전투 중이다.'

그렇게 결론을 내리는 매카시의 심장이 빠르게 약동했다.

'트리플 B랭크의 마수를 홀로 사냥한다?'

그것도 보통내기가 아닌 정예 공격대를 전멸시킬 뻔한 놈을?

이는 아무나 할 수 있는 일이 아니었다. 정작 매카시 본인 조차도 아무런 준비 없이 맨몸으로 부딪친다면 꽤나 고전할 것임이 분명했다.

물론 놈이 혼자가 아닐 가능성도 있기는 했다. 개별적으로 파티를 끌고 와서 늑대들의 왕을 유인한 것인지도 몰랐다.

사실 어느 쪽이 되었든 알 바 아닌 일이긴 했다. 매카시는 자기 자신의 임무에만 충실하면 그만이었기에.

'우선은 놈을 제압한다.'

조로아스터의 명령은 적시운을 감시하에 두라는 것. 그러나 이는 어디까지나 표면적인 명령에 지나지 않았다. 매카시는 조로아스터의 진의를 알고 있었다.

'그는 놈을 자기 수중에 두고 싶어 한다.'

트리플 B랭크의 이능력자. 매카시를 제외하면 시타델 내에서도 3명이 채 안 되는 귀한 재원이었다. 하지만 그것만이 이유는 아닐 터. 적시운이란 사내에겐 그 이상의 뭔가가 있었다. 그 때문에 조로아스터로서는 적시운을 통제하에 둘 필요가 있었다. 통제를 벗어난 순간, 놈은 시타델 전체에 위협이 될 수도 있었기에.

매카시는 계단을 통해 2층으로 향했다. 서두르지는 않되 지나치게 느리지도 않은 걸음으로. 신중할 필요가 있었다. 놈 역시 철두철미한 데다 눈치 또한 빨랐다. 조금의 낌새만 느껴도 내뺄 가능성이 컸다.

쿠궁!

순간 백화점 전체가 거칠게 뒤흔들렸다. 천장으로부터 막대한 양의 모래와 먼지가 떨어져 내렸다.

"쳇."

매카시는 얇은 정전기로 몸을 둘렀다. 흙과 모래는 그의 몸에 닿기 전에 정전기의 막에 달라붙었다.

쓸데없는 데엔 이능력을 낭비하지 않는 주의. 그러나 자신의 고급 수트를 더럽히지 않는 것은 결코 쓸데없는 일이 아니라는 게 매카시의 지론이었다.

뚝.

흔들림이 멎었다. 그리고 무시무시할 정도의 적막이 찾아왔다. 매카시는 본능적으로 상황이 종결됐음을 느꼈다.

놈, 혹은 놈들과 늑대들의 왕 사이의 전투가 조금 전에 끝났다.

'승자는?'

당장은 파악하기 힘들었다. 그의 이능력인 뇌전술 또한 비교적 다채로운 응용이 가능하긴 했으나 염동력에 비할 바는 아니었던 것이다. 염동술사처럼 간이 레이더를 구축해 상황을 파악할 정도는 되지 않았다. 결국 직접 육안으로 확인할 수밖에 없었다.

매카시는 서늘히 웃었다.

'잊지 못할 추억을 만들어주지, 적시운.'

6

매카시는 주변을 살폈다.

놈의 위치는 아마도 3층. 에스컬레이터는 끊어졌고 비상계단 중 하나는 토사에 파묻혔다. 자신이 올라왔던 계단 또한 3층으로 가는 길이 막혀 있었다.

'뚫고 올라간다.'

놈이 낌새를 느끼고 달아날 가능성이 있긴 했지만 매카시는 충분히 따라잡을 자신이 있었다.

그는 손을 뻗었다.

쿠구구구.

올라가는 길을 막고 있던 돌무더기가 들썩이기 시작했다. 정확히는 돌무더기 내부의 금속들이 매카시의 자기장에 이끌리는 것이었다.

이윽고 돌무더기가 좌우로 갈라지며 길이 열렸다. 시끄럽거나 요란할 것 없는 깔끔한 방식.

매카시는 곧장 위층으로 향했다.

3층은 먼지로 자욱했다. 무심코 발을 내딛던 매카시는 순간 주춤했다.

'방사능!'

항시 착용 중인 스마트 글라스에 방사선 수치가 표시됐다.

시간당 2,000mSv의 방사능. 일반 커럽티드 울프가 내뿜는 양의 2배 가까운 수치였다.

'꽤나 거리가 있는데도 이 정도인가.'

세포 붕괴가 일어나기에 충분한 양. 다행히도 시타델 요원에게 지급되는 수트에는 방사선 차폐 기능이 갖춰져 있었다. 완벽하진 않더라도 잠깐이라면 괜찮은 수준.

'그리고……'

매카시는 스마트 글라스의 안경테에 위치한 스위치를 눌렀다.

팟.

반투명한 막이 안경테로부터 분출되어 그의 얼굴 전반을 감쌌다. 이 또한 방사선 차폐 기능이 갖춰진 보호막이었다.

방사선은 마수에게 따라붙는 그림자 같은 것. 수많은 상황에 대비해야 하는 요원에게 있어 방사능 대비책은 필수였다.

'놈은?'

매카시의 날카로운 시선이 주변을 훑었다.

사위는 고요했다. 조금 전까지 격전이 펼쳐졌었다는 게 믿기지 않을 지경.

어둠으로 인해 시야는 극단적으로 좁아진 상태. 무턱대고 불을 밝히기도 애매했다. 바닥이 금속이나 전도체였다면 좋았을 거란 생각이 들었다. 층 전체에 고압 전류를 흘리면 그 누구도 배겨내지 못할 것이기에.

물론 아쉽긴 해도 꿀릴 상황은 결코 아니었다.

움찔.

어둠 속에서 무언가가 꿈틀댔다.

'놈이다!'

실루엣을 보아하니 무사하지는 않은 모양. 힘겹게 움직이는 모양새가 중상을 입은 것 같았다. 매카시는 그 방향을 향하여 걸음을 옮겼다.

저벅저벅.

발걸음 소리가 층 전체로 메아리쳤다.

"드디어 만나게 되었군, 적시운."

나직한 음성인데도 발소리와 마찬가지로 크게 울렸다. 그래도 매카시는 개의치 않았다. 서로가 서로의 존재를 알게 된다고 해도 그가 불리할 것은 전혀 없었기에.

"에메랄드 시타델 지방 정부 소속 특무요원 매카시다. 소개가 너무 길다면 이것만 기억하면 될 거다."

"……."

"네가 지금부터 지방 정부의 관할하에 놓이게 될 것이라는 사실."

대답은 없었다. 그래도 괜찮았다. 놈의 입을 열 방법쯤 매카시에겐 수십 개도 더 구비되어 있었으니까.

과하다 싶을 만큼 진득한 피 냄새가 코끝을 스쳤다. 아마도 늑대들의 왕의 것이리라. 전투가 제법 격렬했던 만큼 주변은 아마도 피바다일 것이었다.

"1등 시민의 권리를 들먹일 생각이라면 포기해라. 제아무리 1등 시민이라 해도 정부에 위해가 될 가능성이 있다면 얼마든지 신병을 구속할 수 있다."

"……."

"라트린 후작가도 네 뒷배가 되어주진 못할 것이다. 이미 적당한 거래 조건을 마련해 두었거든. 후작도 혹할 정도의 조건이지."

꿈틀.

어둠 속의 실루엣이 재차 꿈적거렸다. 시야가 어둠에 익숙해졌다지만 아직 놈의 형태를 파악할 정도는 아니었다. 그래도 매카시는 얼마든지 놈을 제압할 자신이 있었다.

'이 정도 거리라면 충분하다.'

뇌전술사(Electro) 최고의 강점은 능력이 발동되는 속도. 문자 그대로 이능력을 발동하자마자 적을 타격하는 게 가능했다. 제아무리 날랜 놈이라 해도 소용없다. 번갯불에 콩 굽듯이 지져 버리면 그만. 매카시의 시선을 벗어나기도 전에 구워진 신세가 되어 땅을 뒹굴 터였다. 이는 염동력자라 해도 마찬가지. 매카시는 언제라도 능력을 발동할 준비를 마치고서 웃었다.

"벅찬 사냥이 끝난 직후일 텐데 미안하게 됐군. 어쨌거나 얌전히 따라올 텐가?"

이번에도 대답은 없었다. 매카시의 미소가 한층 짙어졌다.

"아쉽게도 묵비권은 통하지 않는다!"

매카시가 뇌전을 방출했다. 천장으로 방출된 전류가 낡은 형광등을 투과했다.

팟!

순간적으로 터져 나온 백열광이 사위를 밝혔다. 그러나 다음 행동으로 들어가려던 매카시는 순간 멈칫할 수밖에 없었다.

'놈이 아니다!'

어둠 속에서 꿈틀거리던 그것은 적시운이 아니었다.

늑대들의 왕. 피투성이 커럽티드 울프의 몸뚱이였다. 하지만 놈은 더 이상 호흡을 하고 있지 않았다. 이미 죽어버린 사체라는 것.

'그렇다면 조금 전의 움직임은 대체?'

의아해하던 매카시의 시선이 뭔가를 감지했다. 커럽티드 울프의 입가, 그 근처에 빛을 튕기며 반짝이는 무언가가 존재했다.

'피아노선?'

혹은 도폭선.

덜컥!

줄이 팽팽하게 당겨지며 커럽티드 울프의 아가리가 열렸다.

"……!"

그 순간 매카시는 깨달았다. 조금 전까지 움찔거리던 움직임의 정체가 이것이라는 걸.

놈의 아가리에 박혀 있는 것은 클레이모어였다.

쾅!

뇌관이 격발되며 섬광을 토해냈다. 그 정면에 있던 매카시를 향해 수백 발의 볼베어링이 튀어나왔다.

"빌어먹을!"

매카시는 황급히 뇌전을 토해냈다. 대량의 뇌전이 그의 몸을 둥글게 감쌌다.

파바바밧!

전자기장으로 이루어진 보호막이 볼베어링들을 붙들었다. 볼베어링이 금속체라는 점이 천만다행이었다. 클레이모어가 토해낸 열폭풍 또한 보호막을 꿰뚫지는 못했다. 매카시로선 조금도 기뻐할 만한 사실이 아니었지만.

탓!

얼마 떨어지지 않은 위치. 콘크리트 기둥 너머에서 신형 하나가 튀어나와 내달렸다. 매카시의 충혈된 시선이 그 뒤를 쫓았다.

"네놈!"

"병신!"

단 한마디의 반격이 매카시의 뇌리를 꿰뚫었다. 그의 머릿속은 순간적으로 백지가 되었다.

후드드득!

수백 발의 볼베어링이 바닥을 두들겼다. 콩 볶는 듯한 소리가 요란하게도 울렸다.

적시운은 염동력을 펼쳐 창을 깨부쉈다. 매카시는 그제야 퍼뜩 정신을 차렸다.

"어딜!"

두 번째 뇌전이 온다. 염동력으로는 막아낼 수 없다는 판단이 적시운의 머릿속을 스쳤다.

'버틴다!'

단전으로부터 천마신공의 기운을 끌어올려선 체내를 일주시켰다. 당장으로선 적시운이 할 수 있는 최선의 방어였다.

꽈릉!

작렬하는 뇌전. 동시에 적시운이 창밖으로 몸을 날렸다.

'적중했다!'

특유의 감각이 매카시를 자극했다. 그러나 이번에도 만족스럽진 않았다. 급히 날린 까닭에 뇌전을 제대로 집중시킬 수가 없었던 것이다.

헐레벌떡 창가로 뛰어간 그가 창밖으로 고개를 내밀었다. 그 순간 아래편으로부터 탄환 한 발이 날아들었다.

"……!"

매카시는 가까스로 전자기장을 펼쳐 탄환을 붙들었다. 자기장을 펼치는 게 조금만 늦었어도 그의 미간에 구멍이 났을 것이다.

보호막을 펼친 채 탄환이 날아든 방향을 살폈다. 그러나 적시운은 이미 감쪽같이 자취를 감춘 뒤였다. 너무나 깔끔하게 기척을 감춰 버려서 허탈할 지경. 그래도 혹시 몰라 바깥으로 몸을 날렸다.

그 뒤로 1시간 가까이 주변을 살폈으나 놈의 흔적을 찾아내진 못했다. 완전히 농락당하고 만 것이다.

"빌어먹을!"

매카시는 시뻘게진 얼굴로 분통을 터뜨렸다. 놈은 자신이 접근한다는 것을 알고 있었다. 더 무서운 점은 그다음. 그 와중에도 커럽티드 울프를 해치운 걸로 모자라 자신까지 해치우기 위해 함정을 파놓았다. 조금만 더 방심했어도, 조금만 더 접근했어도 벌집 신세를 면하지 못했을 것이다.

'내가 너무나도 안일했다!'

지원 병력을 이끌고 왔더라면, 최소한 주변을 포위할 인원만 있었더라면!

이런 개망신을 당하진 않았을 것이다. 놈을 앞에 두고 주절주절 떠들어 댄 것 또한 후회됐다. 이로써 놈은 시타델 지방 정부가 자신을 노리고 있다는 사실을 알게 되었다. 할 수만 있다면 혀를 도려내고 싶을 지경이었다.

"제기랄!"

한동안 분통을 터뜨리던 매카시가 애써 화를 가라앉혔다. 이미 지나 버린 일을 후회해 봐야 남는 것은 없었기에.

그는 일단 백화점 3층으로 돌아왔다. 엘리트 레벨 커럽티드 울프, 왕의 사체를 살피기 위함이었다.

직접적인 사인이 된 것은 흉부를 꿰뚫다시피 한 일격. 방사능을 통해 진화한 마수라 해도 대량의 출혈은 감당할 수 없었을 것이다.

매카시가 도착하기 조금 전에 숨통이 끊어졌을 터. 여유가 많지 않았을 텐데도 적시운은 왕의 입속에 클레이모어를 장치해 두었다. 그 와중에도 코어는 잊지 않고 빼돌렸다. 기가 막힐 정도로 주도면밀한 놈이었다.

"개 같은 자식⋯⋯!"

분노를 가라앉힐 수 없었던 매카시가 온몸으로 뇌전을 발산했다. 백화점 전체에 전력을 돌릴 수 있을 만큼의 막대한 양이었지만 목표를 잃은 지금으로선 무의미한 행동에 불과했다.

"네놈이 언제까지고 도망 다닐 수 있을 것 같으냐!"

아무도 없는 허공을 향해 매카시가 소리쳤다.

"반드시 네놈을 찾아내겠다. 오늘의 굴욕을 백배로 갚아 줄 것이다!"

드르르륵.

아지트의 문을 연 적시운이 터덜터덜 들어섰다. 그러고는 쓰러지다시피 소파 위로 몸을 날렸다.

"죽겠다……."

엘리트 레벨 커럽티드 울프 두 마리와 혈전을 치르고 방사능에 피폭당한 걸로 모자라 고압 전류를 온몸으로 버텨냈다.

그 뒤로도 하층민 구역을 빙빙 돌다가 아지트로 돌아왔다. 혹시 모를 추격을 떨쳐 내기 위함이었다.

덕분에 몸뚱이는 만신창이나 다름없었다. 약품 처리를 통해 방사능은 씻어냈지만 뇌전으로 인한 타격은 회복하지 못했다. 아직까지도 손끝이 저릿할 정도. 천마신공으로 인해 강화된 육체가 아니었다면 아마 그 자리에서 까맣게 타 버렸을 것이다.

"A랭크…… 화염술사 다음은 뇌전술사인가."

세실리아와 비교해도 밀릴 것이 없어 보이는 위력. 전투 경험이나 장비 등을 따진다면 그녀보다 강할 터였다.

'예전의 나였다면 그대로 끝장이었겠지.'

그런 적을 상대로 무사히 빠져나온 것을 보면 확실히 강해지긴 했구나 싶었다.

[자네, 설마 그 정도로 만족하려는 것은 아닐 테지?]

머릿속 천마의 질문에 적시운은 미간을 찡그렸다.

"당연한 소릴."

언제가 되었든 복수전은 제대로 치를 생각이었다. 아마 그 것은 상대방 또한 마찬가지일 터.

'매카시라고 했던가?'

놈 또한 적시운에게 복수하고자 할 것이다. 사실 한 방 먹은 것은 적시운이 아닌 그쪽이기도 했고. 어쩌면 시타델의 지방 정부 전체를 적으로 돌려야 할지도 모른다.

'아니, 이미 적으로 돌아섰다고 봐야겠지.'

매카시는 적시운을 제압하려 했다. 이는 곧 조로아스터의 뜻이기도 할 터. 그리고 적시운은 그 뜻대로 따라줄 생각이 조금도 없었다. 예전이었다면 도망치거나 물러났을 수도 있 겠지만 지금은 아니었다.

'두고 보자고.'

적시운은 소파에 드러누운 채로 운기조식을 했다. 천마신 공의 내력이 일주천하니 손상됐던 육체가 차츰 회복되어 갔다.

어느 정도 기운을 회복한 적시운은 백팩 안으로 손을 집어 넣었다. 딱딱하지만 따스한 구체 세 개가 만져졌다.

'아포칼립틱 코어.'

그것도 트리플 B랭크의 코어. 마스터 브레인의 것까지 포 함하여 세 개가 적시운의 손에 들어온 것이었다.

덜컹덜컹.

후드드득!

요란스러운 소음에 적시운은 눈을 떴다. 벽 틈을 타고 들어온 음습한 바람이 뺨을 스치고 지나갔다.

폭풍우가 몰아치고 있었다. 여러 겹으로 천장을 덮어놓은 베니어합판이 광란하듯 들썩이고 있었다. 내버려 뒀다간 뜯겨 나갈 판.

우선은 염동력으로 붙들어서 천장에 고정시켰다. 귀청 떨어질 것 같던 소음이 눈에 띄게 줄어들었다. 이어서 합판 고정용 나사못을 찾아냈다. 드릴이 없었지만 별문제는 없었다. 염동력으로 나사못을 천장까지 옮겼다. 합판에 뚫려 있는 구멍을 찾아내어 천천히 안으로 밀어 넣었다. 나머지는 돌려 넣기만 하면 끝.

합판을 고정시키니 평화가 찾아왔다. 엉기성기한 천장인지라 곳곳에서 똑똑 물방울이 떨어져 내렸지만 심각한 수준은 아니었다.

"후우."

적시운은 소파에 몸을 기댔다. 방사능을 감지한 미네르바가 깜빡거렸다.

[유의. 미량의 방사능이 감지됩니다.]

주의 레벨보다 한 단계 낮은 유의 레벨. 대량 음용하는 수준만 아니라면 걱정할 정도는 아니었다. 그렇더라도 되도록 마시지 않는 것이 나았지만.

산성비를 넘어선 방사능 비.

과거와 단절된 세계의 상징이나 다름없는 하늘의 눈물.

적시운은 물방울이 떨어지는 천장을 응시했다. 한숨 푹 자고 나니 흥분이 가라앉았다. 덕분에 좀 더 냉정하게 어제 일을 복기할 수 있게 되었다.

우선은 배경 상황. 케르베로스 길드가 늑대 토벌에 나선 것은 그저 우연이라고만 생각했다. 한데 이제 와 보니 완전히 우연만은 아닌 모양이었다.

'그놈, 매카시라고 했던가?'

시타델 지방 정부 특무요원. 직함만 들어봐도 대강 뭐 하는 놈인지 알 것 같았다.

'조로아스터의 사냥개라는 거겠지.'

묻지도 않는데 주절주절 속사정을 잘도 풀어주었다. 저 잘난 맛에 사는 놈들의 특징이었다.

하기야 A랭크 이능력자라면 그럴 만도 했다. 어지간한 인간쯤은 손가락으로 파리 누르듯 해치울 수 있을 터. 그런 놈의 눈에 타인들이 동족으로 느껴질 리 만무하다.

'자기도 결국은 누군가의 끄나풀인 주제에 말이야.'

정말 중요한 점 이것이었다. 사냥개의 주인, 매카시의 배후.

'조로아스터.'

놈은 적시운을 눈엣가시로 여기고 있었다. 사실 특이한 일이긴 했다. 그다지 우호적인 관계라고 할 수야 없겠지만 적시운은 지금껏 조로아스터나 시타델에 해가 될 행동을 한 적이 없었다.

적시운의 의도가 무엇인지조차 알지 못할 터. 그럼에도 조로아스터는 적시운을 위험 요소로 여기고 있었다.

'단지 육감만으로?'

지금 당장으로선 그렇게밖에 생각할 수가 없었다.

종적을 감추고 신분을 세탁한 게 도움이 된 셈. 시타델 측에서 제공하는 편의에 마음을 놓았더라면 거하게 뒤통수를 맞았을 것이다.

'차라리 잘된 일인지도 모르지.'

적시운은 바다를 건너야만 한다. 태평양이 됐든 대서양이 됐든 대해를 건너 한국으로 돌아가야만 한다.

그리고 북미 제국은 쇄국정책을 고수하고 있다. 그것도 수십 년에 걸쳐서.

이유는 모른다. 하지만 그 정책이 하루아침에 바뀔 리

없다는 것은 안다.

집으로 돌아가기 위해선 제국과의 충돌은 필연. 놈들과의 협력은 생각하지 않는 편이 나았다.

'어디까지나 믿을 것은 나 자신뿐.'

적시운은 다시 한번 마인드 컨트롤을 했다. 마음을 다잡으니 한층 머릿속이 명료해지는 기분이었다.

'어제는 정말 아슬아슬했다.'

불청객, 매카시의 존재는 두 번째 천마검기를 발현하던 순간에 가까스로 감지했다. 극도의 긴장 상태가 아니었다면 아마도 불가능했을 것이다. 그 정도로 놈의 움직임은 기민했다.

놈이 아군이라는 가능성은 처음부터 배제했다. 애초에 자기 자신을 제외한 모두를 적이라고 생각하는 편이 나았기에.

다행히 다음 일격으로 왕의 숨통을 끊을 수가 있었다. 입안에서 수류탄을 터뜨린 게 생각한 것 이상으로 타격이 되었던 듯했다. 왕은 먼젓번과 달리 회피하는 데에 실패했다.

천마검 자식 제일초, 천풍사.

왕의 목숨을 거두어들인 초식이었다.

놈이 쓰러지자마자 적시운은 다음 행동에 착수했다. 허겁지겁 가슴속을 헤집어 코어를 찾는 한편, 염동력으로 클레이모어를 꺼내어 놈의 아가리에 박아놓았다.

그리고 미끼를 드리운 채 기다렸다.

매카시는 그 미끼를 덥석 물었다. 10m도 떨어지지 않은 근거리에서 클레이모어가 터졌는데도 타격을 입지 않은 것은 감탄스러웠지만 그게 전부였다.

'놈은 자신의 패를 모두 까 보였다.'

이름은 물론 자신의 배후와 능력까지. 자신감 때문인지는 몰라도 패착을 저지른 것이다.

물론 매카시 또한 적시운의 패에 대해선 파악하고 있을 것이다. 하지만 그것은 기껏해야 절반에도 미치지 못하는 수준.

놈이 아는 정보는 이능력을 비롯한 극히 일부분에 지나지 않았다. 그리고 적시운의 수중엔 더 많은 히든카드가 존재했다.

'그렇다고 서둘러선 안 되겠지.'

급한 마음만 앞섰다간 일을 그르칠 수 있다. 이럴 때일수록 준비와 계획을 철저히 갖출 필요가 있었다.

'천마.'

똑. 똑.

물 떨어지는 소리만이 간헐적으로 울렸다.

빌어먹을 망령. 평소엔 정신 사납게 이 소리 저 소리 잘도 떠들어 대면서 정작 필요할 때는 묵묵부답이다.

'천마!'

[귀청 떨어지겠군. 왜 그러는가?]

'저번에 했던 얘기 말이야.'

[했던 얘기?]

'코어와 영단의 연관성.'

[아, 그거 말이로군.]

'영단이나 내단은 대체로 환약, 즉 환단 상태로 존재하지. 내가 알고 있는 게 맞아?'

[그렇다네. 음용 방식은 주로 두 가지. 다른 영약들과 함께 섞어 탕약을 조제해 마시는 것이 하나요, 환약 상태의 영단을 그대로 복용하는 것이 다른 하나일세.]

'단순하기 짝이 없군.'

[진정한 영약은 순수한 상태 그대로 복용하는 것이 효과적이라네.]

그러나 코어는 내단이나 영단과는 달랐다. 주먹만 한 크기도 크기거니와 경도나 질감을 보자면 약보다는 구슬에 가까웠던 것이다. 먹는다는 선택지를 떠올리기조차 어려웠다.

'아무래도 먹는 쪽은 아닌 것 같아. 뭐 도움이 될 만한 정보는 더 없어?'

[흠, 복용하는 것 외에도 방법이 있기는 하다네.]

'그게 뭔데?'

[자네도 알고 있을 것이네. 흡성공을 응용하는 것이지.]

천마의 설명을 들으니 이미지가 어렴풋이 떠올랐다.

'금지된 사술이라고 흔히 불리는 그것?'

[그렇다네. 사술이니 뭐니 호들갑을 떨 만큼 위험한 수법은 아니네만.]

'정파인들은 그런 종류의 무공만 등장하면 발등에 불 떨어진 것처럼 난리를 치지 않나?'

[겁이 많기 때문이지. 자기네 내공을 몽땅 뺏어 먹을 괴물이 탄생할까 무서워서 그러는 것이지. 그릇을 넘어선 내공은 다른 육체부터 파멸시키는 법이거늘.]

'어쨌든 그 흡성공이란 걸 사용하면 큰 손실 없이 코어의 기운을 받아들일 수 있다는 건가?'

[그럴 가능성도 있다는 것이지.]

적시운은 턱을 괴었다.

탁자 위에 놓여 있는 3개의 아포칼립틱 코어. 전부 다 트리플 B랭크 코어이긴 하지만 내장된 에너지의 양엔 차이가 있었다.

늑대들의 왕, 아내, 마스터 브레인 순.

'정확한 에너지량을 측정하기는 어렵지만……'

세 코어의 에너지 전부를 고스란히 흡수할 수만 있다면 현재의 갑절에 이르는 내공을 지니게 될 터였다. 물론 그렇게 상황이 잘 풀릴 리는 없겠지만.

'애초에 기운의 성질이 다르단 말이지.'

마수들의 체내에 축적된 에너지와 인간의 체내의 축적된 에너지. 그 성질은 판이하게 다를 수밖에 없었다.

'게다가……'

사실 적시운으로선 내공의 증진보다는 이능력의 랭크 업 쪽이 구미가 당겼다. 내공이야 운기조식 및 천마결의 수련만 으로도 단련하는 게 가능했으니 말이다.

반면 이능력은 그렇지 않았다. 무공처럼 홀로 깨치거나 정 진한다는 게 거의 불가능했다. 애초에 더블 B에서 트리플 B 로 랭크 업을 한 것 자체가 기적에 가까운 일이었다.

[한 번 일어난 기적이 두 번 일어나지 말란 법은 없긴 하네만.]

'알아.'

적시운은 세 코어를 응시하며 대꾸했다.

'그래서 방법을 찾아내려는 거야. 기적이 일어날 가능성을 높이기 위해.'

세 코어는 이능력 랭크 업에 사용한다.

적시운은 그렇게 마음을 정했다.

'그렇다면 결국 적자를 본 셈인가?'

가장 비싼 물건이라면 역시 레어 등급 이온 블레이드. 원 래 남의 물건이라 그런지는 몰라도 너무 성급히 쓰고 말 았다. 좀 더 아낄 수도 있었을 테고 부숴먹지 않을 수도 있었을 텐데도.

[그렇게 구질구질하게 생각할 필요는 없지 않나? 돈이야 더 벌면 그만인 것을.]

'돈 아까워서 이러는 게 아냐. 상황을 돌아보며 최선의 수를 생각하려는 거지. 그래야 다음에 비슷한 상황이 벌어졌을 때 대처하기가 쉬울 테니.'

[흐음.]

'당신 말마따나 나는 아직 부족한 게 많으니까.'

[웬일로 자네가 기특한 소리를 다 하는군.]

천마의 반응에 적시운은 피식 웃었다.

'집으로 돌아갈 수만 있다면 얼마든지 더 기특해질 수 있어.'

사망 7명, 중상 3명, 경상 12명.

52마리의 커럽티드 울프를 사살하고 케르베로스 길드가 받아 든 성적표였다.

금전적 수입은 사실상 제로. 방사능에 절어 있는 늑대 가죽은 파는 것보다 가공하는 데 드는 돈이 더 많았다.

최고의 수입원인 코어는 하나도 건지지 못했다. 왕과 그 아내의 사체가 발견되었으나 두 개체 모두 코어가 도려져 나간 상태였다.

불청객이 있었다. 그들 외의 사냥꾼이.

그러나 원망할 수는 없었다. 그 불청객이 없었다면 케르베로스 길드는 그날 그 자리에서 전멸했을 테니까.

다행히 길드의 명성이 추락하는 일은 없었다. 어찌 되었든 토벌 작전 자체는 성공한 셈이었으니. 물론 그 사실에 만족하는 사람 또한 아무도 없었다.

"세인트 로드에 복귀하는 대로 공대장 자리를 반납하겠습니다."

눈을 내리깐 채 말하는 헨리에타. 모니터 너머의 사내는 무뚝뚝한 표정이었다.

—공격대장의 자리가 무슨 렌트카라도 되는 줄 아는 건가? 네 마음대로 반납하고 말고 하게.

"죄송합니다. 처분대로 따르겠습니다."

30대 초반의 외모를 지닌 사내였다. 날카로운 인상은 전체적으로 잘 벼려진 칼날을 연상케 했다.

그는 턱을 괸 채 한동안 침묵했다.

—늑대 놈들이 함정을 파고 기다리고 있었다는 거지. 백화점 전체가 놈들의 아지트였고.

"네, 원래는 하층민들이 모여들어 소규모의 커뮤니티를 만들었던 모양입니다. 커럽티드 울프들이 그 자리에 끼어든 것이고요."

－닭장 안으로 뛰어든 늑대라는 거지. 그 우두머리는 엘리트 레벨이었고.

A랭크의 그레이트 샌드웜도 사상자 없이 해치웠던 제3공격대다. 하지만 랭크의 차이는 수많은 변수 중 하나에 지나지 않았다.

지형, 상황, 시점, 환경…….

마수 사냥에는 수많은 변수가 존재했던 것이다. 더군다나 그레이트 샌드웜은 비교적 자주 사냥당하는 마수. 그만큼 대처 방안이나 행동 패턴 등이 널리 알려져 있었다.

반면 커럽티드 울프는 그저 늑대의 강화판이라고만 알려져 있을 뿐. 트리플 B랭크에 준하는 강력한 단일 개체에 대한 대처법은 거의 알려져 있지 않았다.

하물며 지리적 요건 또한 케르베로스 측에 불리했다. 늑대들은 만반의 태세를 갖추고 있었던 반면 케르베로스 측은 사전 조사조차 없이 무턱대고 뛰어든 격이었으니.

물론 그 사실이 면죄부가 될 수는 없었다.

－한데…… 또 한 무리의 헌터가 있었다지?

헨리에타가 움찔했다.

"네, 그렇습니다."

제12장
라디오 액티브(1)

1

　폭풍우가 지나가고 난 아침. 아지트의 문을 열어젖히니 좌르르 물줄기가 쏟아졌다. 마당 또한 완전히 진흙탕. 발 한번 잘못 디뎠다간 푹 빠지고도 남을 듯했다.

　"후."

　적시운은 가볍게 스트레칭을 하며 몸 상태를 점검했다. 얕은 찰과상을 제외하면 외상은 없었고 그마저도 빠르게 회복 중이었다.

　'문제라면 내상인데……'

　결코 짧지 않은 시간 동안 방사능에 피폭되었다는 게 찜

찜했다. 전투가 끝나자마자 씻어내긴 했고 피폭 증상도 사라지긴 했지만 그것만으로 안심할 수는 없었다. 잠복기라는 게 있는 법이었으니 말이다.

'근본적인 대처가 필요해.'

블랙 링이 떠오른 세계. 마수들이 활보하는 대지와 방사능 비를 쏟아내는 하늘. 그게 바로 적시운이 살아가는 세상이었다.

단순히 싸우기 위한 단련에만 몰두해선 안 될 일. 싸워 이기는 것보다 중요한 것은 지더라도 살아남는 것이었다.

그런 세계에서 방사능 대책은 필수였다.

마수 사냥꾼들의 방사능 대책은 대체로 두 가지다. 기간틱 아머나 방호복 등을 입는 것이 하나, 방사능 상쇄 아티팩트를 착용하는 것이 또 하나.

후자가 여러모로 편리하긴 하지만 편리한 만큼 지출도 컸다. 이런 종류의 아티팩트는 작고 가벼울수록 가격이 기하급수적으로 상승했던 것이다.

적시운으로서도 그 돈을 감당하기는 버거워 보호복 쪽을 택했다.

결과는 예상대로였다. 마수와의 격렬한 전투를 버텨내기에 보호복의 내구력은 턱없이 부족했다.

'코어를 판다면 방사능 상쇄용 아티팩트를 구할 수도 있

겠지만.'

그다지 구미가 당기는 선택지는 아니었다. 그리고 적시운에겐 남들에겐 없는 세 번째 선택지가 존재했다.

'천룡혈독공.'

천마는 말했다. 대성에 이른다면 능히 만독불침의 경지에 이를 것이라고.

만독불침.

어느 정도의 허풍을 감안하더라도 분명 매력적인 경지였다. 물 한 방울, 쌀알 한 톨 마음 놓고 먹을 수 없는 이 세상에서는 더더욱.

천룡혈독공의 메커니즘은 단순하다. 그렇기에 편리하다.

우선은 면역이 되고자 하는 독에 노출된다. 치사량에 이르지는 않을 만큼의 양에 중독된 상태로 체내의 면역 체계를 활성화한다. 그 과정에서 해당 독에 대한 항체를 만들어내는 것이었다.

예방 접종, 즉 백신과 동일한 작용 구조.

다만 죽었거나 약화된 항원을 투여하는 예방 접종과 달리 천룡혈독공의 수련에는 온전한 상태의 독이 사용된다. 천마신공 자체가 전체적인 육체의 면역력을 상승시켜 주기에 가능한 방식. 위험천만하지만 그렇기에 효과는 강력했다.

'그러니까 결국, 면역 체계가 생겨날 때까지 방사능에 노

출되고 회복하는 것을 반복해야 한다는 건데······.'

항원, 즉 방사선을 방출하는 물질이 필요했다.

"흐음."

주거 지역에 방사능 물질을 들일 수는 없다. 시민들의 생명과 직결되는 문제이기에 시타델 측에서도 방사능 검사는 철저히 실시했다.

물론 그 모든 검사에서 하층민 구역은 제외되었다. 참으로 냉혹하기 그지없는 태도였다.

'결국 작업을 하려면 하층민 구역에서 해야 한다는 건데.'

나쁠 것은 없었다. 어차피 아지트보다도 그곳에서 보낸 시간이 더 많았으니. 마수들을 족치다 보면 방사능을 발하는 놈들도 발견할 수도 있을 터. 사로잡든지 죽여놓든지 한 다음에 작업에 들어가면 될 듯했다.

"혹시 모르니 해독제는 갖춰둬야겠지."

작센에게서 받았던 방사능 치료제는 모두 사용했다. 지금껏 부작용이나 이상이 없는 걸 보면 꽤나 효과가 좋은 물건인 모양.

적시운은 작센의 가게로 향했다.

"음?"

작센은 가게에 없었다. 그가 으레 유리잔을 닦고 있던 자리엔 젊은 여성 바텐더가 자리하고 있었다.

여성 바텐더를 달리 바 메이드(Barmaid)라고도 하던가?

바텐더 특유의 복장이 제법 잘 어울리는 여성이었다.

나이는 20대 중반쯤. 검은 머리칼은 단정하게 뒤로 묶어놓았고 몸매에는 군더더기가 없었다. 깔끔한 정장 차림인데도 몸 전체에서 탄력이 느껴지는 듯했다. 상당히 단련된 육체라는 게 느껴졌다.

"……!"

적시운을 발견한 그녀의 눈에 이채가 스쳤다. 마치 익히 알고 있는 사람이라는 것처럼.

"오셨군요."

"내 기억이 잘못된 게 아니라면 우리는 초면일 텐데."

"사장님에게 말씀 많이 들었습니다."

"작센에게서?"

"예, 새로운 단골이 생겼으니 각별히 신경 쓰라고 하시더군요."

"단골? 호구가 아니라?"

여성은 빙긋 웃기만 했다. 전체적으로 자신감이 넘치는 매력 있는 얼굴이었다.

"작센에게 볼일이 있어 왔는데, 지금 어디 있지?"

"개인적인 사정으로 부재중이세요. 거래와 관련한 일이라면 제게 말씀하시면 됩니다."

"당신에게?"

"네, 클라리스라고 불러주세요."

적시운은 고개만 끄덕였다. 굳이 이름을 밝힐 필요도 그럴 생각도 들지 않았기에.

클라리스도 딱히 개의치 않았다.

"오늘 용무는 어느 쪽인지요? 판매? 아니면 구매?"

"방사능 해독제를 좀 사려는데. 작센에게서 몇 개 받아서 썼는데 효과가 좋더라고."

"같은 걸로 드릴까요?"

"그러면 좋고."

클라리스는 어렵잖게 해독제를 찾아 돌아왔다. 설명을 듣지 않고도 아는 걸 보면 제법 눈치가 좋은 듯했다. 하긴 그 깐깐한 작센이 자리를 맡겼을 정도이니 능력은 보장되었다고 봐도 될 듯했다.

"더 필요하신 게 있는지요?"

잠시 생각하던 적시운이 말했다.

"혹시 도검류나 냉병기도 취급해?"

커럽티드 울프 부부와의 차륜전을 겪으며 적시운은 확실히 깨달았다. 그가 지닌 최강의 카드가 무엇인지 말이다.

'천마검.'

천마결이 천마신공의 핵심이고 천하보가 뿌리, 천랑권이 뼈대라면, 천마검은 천마신공의 진수라고 할 수 있었다. 조금 껄끄럽긴 해도 인정할 수밖에 없는 사실. 천마의 검은 과연 명불허전이었다.

[자네는 천하제일검의 일부만을 겨우 엿봤을 뿐일세.]

머릿속의 천마가 한마디를 보냈다. 평소라면 핀잔을 줬을 테지만 이번만큼은 말없이 수긍하는 적시운이었다.

'검이 필요하다.'

사실 꼭 검이 아니더라도 상관은 없었다. 중요한 점은 천마검기를 감당할 수 있느냐는 것.

커럽티드 울프와의 전투에서 사용했던 쇠막대들은 전투가 끝나자마자 바스러졌다. 천마검기의 막대한 에너지를 버텨 내지 못한 것이다.

그 힘을 싣고도 버텨낼 수 있는 무기가 필요했다. 그 요건만 충족한다면 쇠파이프가 되었든 크로우바가 되었든 상관없었다.

[천마검에는 창식과 부식(斧式) 등의 응용식들 또한 포함되어 있다네.]

'부식?'

[도끼질 말일세.]

여하간 쥘 수 있는 무기라면 뭐든 상관없다는 의미였다.

"근접 병기라면 이온 방출형 병기들을 말씀하시는 것인지요?"

적시운을 응시하던 클라리스가 물었다.

현대의 근접 병기는 대부분 이온 방출형이었다. 평범한 금속 칼날로는 하급 마수의 가죽을 뚫기도 버거웠기 때문이다.

자연히 근접 병기의 대세는 이온 방출형 병기로 넘어가게 된다.

이온 병기.

광학 병기, 혹은 플라즈마 병기라고도 불리는 물건이었다. 초고열의 에너지를 절삭력으로 이용하는 무기. 사용하기 쉽고 위력도 강력하여 많은 헌터가 애용했다. 그런 만큼 모델도 다양하고 수량 또한 많았다. 하지만 적시운이 바라는 무기는 아니었다. 이온 블레이드 같은 광검에는 검기를 실을 수 없었기에.

"일반적인 근접 병기가 필요해. 이온 병기가 아니라."

클라리스는 잠시 침묵했다.

"원하는 타입이라도 따로 있나요?"

"딱히 그런 건 없어. 롱소드여도 좋고 동양식 도검이어도 좋아. 되도록 날붙이인 편이 낫겠지만."

"장식용으로 쓰시려는 건가요?"

"그건 아니지만 튼튼하기만 하면 장식용 무기라 해도 상관

없어."

"……잠시만 기다려 주세요."

지하실로 내려갔던 클라리스가 잠시 후에 돌아왔다. 꽤나 깊은 곳을 뒤졌던 듯 깔끔한 정장 위로 먼지가 내려앉아 있었다.

"안 쓰는 카탈로그라 찾는 데 시간이 좀 걸렸네요."

"카탈로그?"

"네, 근접 병기만 모아놓은 카탈로그예요."

과연 무기의 사진과 상세한 제원이 표시되어 있었다.

"무게와 길이뿐 아니라 경도까지 측정되어 있으니 직접 만져 보지 않고도 파악하실 수 있을 거예요."

"여기 표기된 데이터와 실제가 다를 수도 있지 않아?"

"그런 경우엔 전액 환불해 드리죠."

자신감 있는 대답에 적시운은 고개를 끄덕였다.

"가져가서 살펴봐도 될까?"

"그러세요. 마음을 정하시면 언제라도 연락을 주시길."

"그러지."

적시운은 방사능 해독제와 카탈로그를 챙겨 가게를 나왔다.

"그러니까……."

조로아스터의 목소리에서 한기가 풀풀 흘렀다.

"다 잡은 먹잇감을 눈앞에서 놓쳤다는 거로군."

"……."

매카시는 침묵했다. 그럴 수밖에 없었다. 입이 열 개라도 할 말이 없는 상황이었으니까.

충격을 받은 것은 조로아스터 또한 마찬가지였다. 케르베로스 길드조차 고전하게 만든 커럽티드 울프. 그 왕을 홀로 해치운 것이 다름 아닌 적시운이라니.

'단순한 트리플 B 염동술사가 아니다. 놈에겐 그 이상의 뭔가가 있다!'

예전엔 그저 어렴풋한 추측에 불과했지만 이제는 확신으로 바뀌어 있었다. 적시운은 그 무엇보다도 분명한 위험 요소였다.

"그 외에는? 놈에게 뭔가 약점 잡힐 짓을 한 것은 아니겠지?"

매카시는 잠시 뜸을 들였다. 약간의 고민 뒤로 그는 입을 열었다.

"그 점은 걱정하지 마십시오."

"있는지 없는지 그것만 확실히 말하도록."

"놈이 시타델의 행정에 악영향을 끼칠 일은 없을 것입니다."

조로아스터는 미간을 찌푸렸다. 이 또한 그가 바라는 대답은 아니었다. 하지만 매카시를 꾸짖지는 않았다. 그는 조로아스터가 보유한 사냥개 중에서도 최고의 실력자. 최고에겐 그에 걸맞은 대우를 해줘야 하는 법이었다.

물론 그 절대성이 깨어지는 순간, 사냥개는 사냥감을 잡지도 못한 채 삶아져 먹히고 말 것이다. 이는 누구보다도 매카시 본인이 잘 알고 있을 터. 자신의 절대성을 사수하기 위해서라도 최고의 자리를 지키기 위해서라도 그는 적시운을 사냥할 것이다.

"꼬치꼬치 캐묻는 짓은 하지 않겠다. 하지만 그냥 넘어가 주는 것도 이번이 마지막이다. 굳이 말하지 않아도 너라면 알 테지만."

"……."

"놈을 제압하여 내 앞으로 끌고 와라."

라트린 후작가를 두려워할 필요도 없었다. 조로아스터는 이미 엘모 라트린 후작과 대화를 나눈 상태. 그 과정에서 적시운과 에스텔의 관계 또한 대강 알게 되었다. 적시운에게 호의를 지닌 이는 후작이 아닌 에스텔이라는 것도.

"조카딸을 구해준 대가로 1등 시민증을 선물하긴 했으나 그 이상 관여하지는 않을 것이다."

라트린 후작은 자신의 의사를 분명히 했다. 조로아스터에게 있어 가장 껄끄러운 부분이 해소된 셈이었다.

'놈은 위험하다.'

첫 대면도 그렇고 시타델에 들어서자마자 종적을 감춘 것도 그렇고 놈은 숨기고 있는 것이 너무나 많았다.

그리고 무엇보다도 그 눈빛!

거침없이 전진하는 무소의 눈빛이 그러할까?

그것은 어떠한 장해물도 거리낌 없이 뚫고 나가는 자의 눈빛이었다.

같은 편이라면 이보다 든든할 수가 없겠지만 적이라면 이보다 두려운 상대가 없었다.

놈은 이미 토마호크 클랜을 몰살시켰다. 공격대를 쩔쩔매게 만든 마수 또한 홀로 사냥했다. 실로 무시무시한 잠재력. 그 힘이 에메랄드 시타델을 상대로 펼쳐지지 않으리란 보장은 없었다.

'하지만 만약 우리 것으로 만들 수만 있다면…….'

이보다 든든할 수도 없을 터. 위험하지만 달리 보자면 군침이 도는 인재이기도 했다.

'놈이 완전히 적으로 돌아서기 전에 포섭해야 한다.'

그것이 조로아스터의 결론이었다.

2

"내 말, 이해했겠지?"

뼈가 담겨 있는 조로아스터의 질문. 매카시는 굳은 얼굴로 고개를 끄덕였다.

"물론입니다."

"좋아. 다음번엔 웃으며 볼 수 있었으면 좋겠군."

실패할 거라면 돌아오지도 말라는 뜻.

매카시는 보이지 않게 이를 악물었다. 조로아스터를 욕하거나 탓할 순 없었다. 실패의 원인은 어디까지나 매카시 본인의 오만과 방심이었으니까.

오히려 조로아스터는 매카시의 허물을 눈감아주었다.

하지만 그러한 배려도 이번이 마지막. 매카시에겐 더 이상 물러설 곳이 없었다.

"요원들을 차출해 가도 되겠습니까?"

"좋을 대로 해. 성공하기만 하면 된다."

"알겠습니다. 다음번에 뵐 때는 놈과 함께일 것입니다."

매카시는 더 말하지 않고 방을 나섰다.

"……."

조로아스터는 그가 사라진 자리를 한동안 말없이 응시했다. 떠나간 자리에서조차 살기가 풀풀 흐르는 것 같았다. 임무 때문이 아니라 자존심 때문에라도 매카시는 반드시 적시운을 찾아낼 터였다. 다만 적개심이 지나친 나머지 임무를 망각하진 않을까 걱정이 되었다.

'감시를 붙여야 하나.'

목표는 어디까지나 적시운을 포섭하는 것. 그 정도 인재를 되도록 죽이고 싶지는 않았다. 하지만 매카시는 지나칠 정도의 적개심을 드러내고 있었다.

'그렇다고 감시를 붙였다간 역효과가 날 수도 있다.'

지금껏 사적인 감정으로 임무를 그르친 적이 없는 매카시였다. 그렇기에 시타델 최고의 대우를 받을 수 있었던 거고. 고작 한 번의 실수를 저질렀다고 신뢰를 저버릴 수는 없었다. 물론 두 번이 된다면 얘기가 달라질 테지만.

"일단은 믿어보는 수밖에."

"음."

적시운의 눈썹 사이로 자그만 골이 파였다. 카탈로그에 실린 근접 병기는 대부분 나이프나 손도끼 같은 암기류였다.

총화기가 만병지왕의 자리를 꿰차 버린 시대이니만큼 당연하다면 당연한 결과.

공격력, 사정거리, 활용도. 모든 면에서 뒤처지는 근접 병기가 살길은 하나뿐이었다. 휴대 및 은닉이 쉽게, 기민하고 은밀히 사용할 수 있게. 자연히 단검과 같은 작고 날카로운 무기들만이 살아남게 되었다.

시장 선택에 의한 필연적인 흐름. 그래도 입맛이 텁텁한 것은 어쩔 수 없었다.

[그래도 쓸 만한 게 있기는 하군.]

천마의 말에 적시운의 시선도 카탈로그 한구석으로 향했다.

두 자루의 장검. 일본도와 바스타드 소드였다.

두 자루 모두 장식용에 가까웠지만 경도나 내구성은 나쁘지 않아 보였다.

'어느 쪽이 나아 보여?'

[둘 다 구입하면 그만 아닌가?]

그렇긴 했다. 넘쳐 나는 정도까진 아니어도 돈이 쪼들리는 것 또한 아니었으니.

'기왕 사는 김에 단검도 몇 자루 사두면 좋겠지.'

한번 생각의 물꼬가 트기 시작하니 끝도 없이 이어진다.

충동구매가 이래서 무섭다는 걸 새삼 느낄 수 있었다.

적시운은 가까스로 카탈로그를 덮었다. 그때 페이지 사이로 종이 한 장이 나풀거리며 떨어졌다.

"……?"

달필로 작성된 메시지가 눈에 들어왔다.

시타델 지방 정부가 당신을 노리고 있어요.
도움이 필요하다면 이곳으로 찾아오세요.

짤막한 메모 아래로 주소가 적혀 있었다. 아마도 그 여자, 클라리스가 적어 놓은 모양. 낡아빠진 카탈로그와 달리 종이도 새것에 잉크도 채 마르지 않았다.

"내 정체를 알고 있다는 건가?"

적시운은 작센에게 본명과 신분을 밝힌 적이 없었다. 작센 또한 신상 명세를 묻지 않았고. 정황을 통해 정체를 추측했을 가능성은 있다. 적시운이 보기에도 작센의 눈썰미는 상당해 보였으니까.

하지만 그 추측을 남에게 풀어놓는 것은 별개의 문제. 때문에 의아한 것이었다. 작센은 고객의 정보를 그리 간단히 털어놓을 인물이 아니었으니까.

'그렇다면 이 여자는 대체 뭐지?'

시타델 지방 정부가 자신을 노리고 있다.

적시운 또한 매카시와의 조우를 통해 그 사실을 확실히 깨달았다.

한데 이 여자는 어떻게 그걸 안 것일까?

단순히 작센에게서 들은 것 같지는 않았다. 설령 그렇다 쳐도 일개 장물아비의 직원이 도움의 손길을 내밀려 한다는 건 이해되지 않는 일이었다.

'어쨌거나 내 편이라는 건가?'

시타델의 끄나풀이었다면 적시운의 정보를 알렸을 것이다.

'아니지. 함정을 파고서 이곳으로 불러내려는 것일 수도 있다.'

그런 생각이 들었으나 이내 머릿속으로 반론이 떠올랐다.

'함정을 팔 거였다면 작센의 가게에 파놓았을 것이다.'

적시운은 말없이 팔짱을 꼈다. 어차피 진실은 알 수 없는 것. 혼자 끙끙댄다고 해서 진전이 있을 것 같지는 않았다.

[아무래도 자네는 스스로 생각하는 것 이상의 여파를 몰고 온 것 같구먼.]

천마의 말에 적시운은 쓴웃음을 지었다.

"별로 기분 좋은 일은 아닌데."

[좋든 싫든 감내할 수밖에 없는 일일세. 그것이 바로 강자의 권

리이자 책임이지.]

"나는 강자가 아니야."

[지금은 그럴 테지.]

적시운은 한숨을 쉬었다.

"딱히 반박할 생각은 들지 않는걸. 어찌 됐든 강해져야만 집으로 돌아갈 수 있을 테니."

[그 처자를 찾아가 볼 텐가?]

"아니, 그 여자의 의도가 무엇이든 간에 내가 뜻대로 움직여 줄 필요는 없지."

[흠, 그런가?]

"그래. 설령 찾아간다고 해도 지금은 아냐. 당장 급한 일은 방사능에 대한 면역력부터 갖추는 것이니까."

[우선은 천룡혈독공의 수련이라는 거군.]

"우선은 말이지."

적시운은 전투식량 NAE-레이션 한 상자를 꺼내 들었다. 본격적인 수련에 앞서 배부터 든든히 채울 생각이었다. 피폭된 다음엔 식욕이 싹 달아날 테니.

수련의 일환이라지만 방사능에 직접적으로 노출되어야 한다. 위장을 비롯한 내장들이 제 기능을 할 리가 없었다.

[먹은 걸 게워내게 될지도 모르는데, 괜찮겠는가?]

"토하는 건 토하는 거고. 일단은 배부터 채우고 봐야겠어."

적시운은 레이션 상자를 뜯었다. 북미 제국의 전투식량이 모습을 드러냈다. 미군의 전투식량을 그대로 계승한 듯한 풍부한 메뉴. 지금과 같은 환경에선 진수성찬이 따로 없었다.

적시운은 디저트용 파운드케이크부터 덥석 베어 물었다. 한국군 전투식량에도 포함된 메뉴로 전투식량임을 감안하면 무척 고급스러운 풍미를 갖추고 있었다.

한마디로 달콤새큼하다는 뜻. 같은 무게의 금가루보다도 벌꿀이 비싼 이 세상에서 당분이 풍부한 음식의 가치는 설명할 필요도 없는 것이었다.

당분이 공급되자 두뇌 회전이 빨라지는 기분이었다.

'그저 플라시보 효과일 뿐인지도 모르지만.'

[······그게 뭔가?]

'아무것도 아닌 밀가루도 약이라고 철석같이 믿고 먹으면 약효가 나타난다는 거지. 암시의 힘이랄까?'

[흐음.]

식사를 마친 적시운은 무기를 챙겼다. 대(對)커럽티드 울프 전에서 대활약한 M40A7 저격 소총, 더불어 7.62㎜ 탄환을 100발 챙겼다. 이번엔 수류탄과 클레이모어를 배제했다. 되도록 전투를 피할 생각이었기 때문이다. 피치 못하게 싸워야 하는 상황이 오더라도 되도록 조용히 끝낼 생각이었다.

그래도 근접 병기는 하나쯤 챙길 필요가 있었다. 면역력을 기르는 틈틈이 천마검 또한 수련할 생각이었던 것이다.

문제라면 훈련용으로라도 쓸 만한 무기가 없다는 것.

작센의 가게엔 당분간 방문하지 않을 생각이었다. 클라리스의 의도에 대해서도 생각해 봐야 하고 좀 더 상황의 추이를 지켜볼 필요가 있었기에.

'그냥 굴러다니는 쇠막대를 가지고 수련해야 하려나.'

[흠, 저건 어떤가?]

'……저거?'

[그렇다네.]

적시운의 얼굴이 미묘하게 일그러졌다.

'저건 전기톱이잖아.'

토마호크 클랜 본부에서 건진 잡동사니 중 하나. 굳이 버릴 것까진 없었기에 내버려 두었을 뿐 진지하게 무기로 쓸 생각은 딱히 해본 적이 없었다. 절삭력 면에서도 이온 병기에 비해 뒤떨어지고 소음이 커서 기습에도 적합하지 않다. 현대전 근접 병기가 가져야 할 이점이 전혀 없는 무기라 할 수 있었다. 애초에 무기라기보다는 공구에 가까운 물건이었고.

'나무 베는 데에나 쓸 만할까. 굳이 검법 익히는 데에 사용할 필요는 없어 보이는데.'

[천마신공의 병기술은 무기를 가리지 않는다네.]

'그렇다고 해서 구태여 괴상한 무기를 쓸 필요는 없잖아.'

[혹시 모르지 않나. 좋은 경험이 될지도.]

그럴 일은 없으리라는 게 적시운의 생각이었다. 하지만 세상엔 만약이란 게 있는 법이었다.

'뭐, 가져간다고 해서 크게 문제가 되진 않을 테니.'

적시운은 전기톱을 챙기고서 아지트 밖으로 나섰다.

털썩.

숙소로 돌아온 헨리에타가 침대에 몸을 뉘었다. 세인트 로드에 있는 길드 마스터와 통신을 하고 온 뒤였다. 이번 참사에 대한 상세한 보고를 올린 이후, 길드의 수뇌부가 모인 자리에서 책임을 추궁당했다. 형식적인 절차라지만 입맛이 무척 썼다. 사정이야 어찌 됐든 그녀가 맡은 공격대가 심대한 타격을 입어버렸으니 말이다.

머릿속이 복잡했다. 하지만 공대장으로서의 책임 때문만은 아니었다.

"또 한 무리의 헌터가 있었다지?"

길드 마스터의 질문. 헨리에타는 그렇다고 대답했지만 사실 그 대답이 정답이 아니라는 것을 알고 있었다. 한 무리가 아니었으니까.

'한 명이었어.'

전투가 종결된 후 그녀는 우두머리 부부의 사체를 살필 수 있었다. 치열했던 전투의 흔적 또한.

그것은 여럿이 얽혀 싸운 흔적이 결코 아니었다. 파괴의 흔적은 요란하고도 거대했지만 분명 일대일 대결의 결과물이었다.

'그때처럼.'

마스터 브레인. 놈을 처치한 것도 단 한 사람이었다. 그리고 헨리에타는 확신할 수 있었다. 그 두 사람이 동일인물이라는 것을.

'적시운.'

또다시 그였다. 다시 한번 그 덕분에 목숨을 건졌다.

물론 그가 헨리에타를 위해 늑대 사냥에 나선 것은 아닐 터였다. 지독한 우연이라고밖엔 표현할 수 없으리라.

하지만 우연이라 해도 두 번씩이나 생명을 구원받았다. 적시운이 개의치 않는다 하더라도 그녀가 괜찮지 않았다.

'고맙다는 말이라도 해야 해.'

그것이 헨리에타의 생각이었다.

'게다가……'

매카시가 적시운을 노리고 있었다. 이제는 그녀 또한 알 것 같았다. 매카시의 진짜 목적이 무엇인지.

'그에게 경고해 줘야만 해.'

이미 알고 있을지도 모른다. 만약 그렇다면 다행.

하지만 그게 아니라면?

아무리 적시운이라도 위험할 수 있었다. 상대는 인간의 형상을 한 괴물, A랭크 이능력자이기에. 그것도 이 도시, 에메랄드 시타델을 배후에 둔.

헨리에타는 적시운의 힘이 되어주고 싶었다. 그것이 그녀 나름대로 은혜를 갚는 길이라는 생각이 자꾸만 들었다.

'도움 따위는 필요 없다고 할지도 모르지만……'

아마도 적시운의 생각은 그러할 터. 애초에 그렇기에 그녀와 에스텔 앞에서 종적을 감춰 버렸을 것이다. 설령 그렇더라도 최소한 적시운을 향해 다가드는 음모에 대해서는 말해줘야 했다.

똑똑.

노크 소리에 헨리에타는 고개를 들었다.

"안 잠겨 있으니 들어와요."

문을 열고 들어선 이는 제3공격대의 사무원. 주근깨 가득한 10대 후반의 여성이었다.

"무슨 일이야?"

"귀환 계획에 대해 브리핑하러 왔습니다. 형식적인 절차일 뿐이지만 생략해서는 안 되는 거라서요."

"그렇구나."

잠시 침묵하던 헨리에타의 눈에 결의가 스쳤다.

"미안하지만 계획을 변경할 수 있을까?"

"네?"

"나, 조금 더 이곳에 남아 있어야 할 것 같아."

3

끼이익.

낡은 문이 특유의 마찰음을 내며 열렸다. 문 쪽을 힐끔 쳐다봤던 작센이 다시 손안의 유리잔으로 시선을 옮겼다.

"나타나지 않네요, 열흘째."

"그럴 테지."

시원스러운 몸매의 여성이 걸어와 작센의 앞에 앉았다. 오늘은 정장 차림이 아닌 몸에 착 달라붙는 배틀 수트를 입고 있는 그녀였다. 사실 이쪽이 평소 모습이고 그날만 특별히 바텐더 복장을 빌려 입은 것이었지만.

작센이 차가운 우유를 내놓았다. 우유가 담긴 유리잔을 본

미녀가 미간을 살짝 찡그렸다.

"전 어린애가 아니에요."

"그래도 우유는 좋아하지 않느냐."

그건 그랬다. 미녀는 두 손으로 우유 잔을 잡고는 홀짝거렸다. 어울리지 않으면서도 제법 귀여운 모양새였다.

금세 잔의 절반을 비운 그녀가 심각한 얼굴로 말을 꺼냈다.

"그 남자는 찾아오지 않았나요?"

"그래, 한 번도."

"무슨 일이라도 생긴 걸까요?"

"모르겠구나. 어쩌면 메모를 미처 발견하지 못했는지도 모르지."

"트리플 B랭크 염동술사쯤 되는 자가 그럴 리 없잖아요. 더군다나 엘리트 커럽티드 울프까지 해치운 남자라면."

"네가 생각하는 남자와 동일인물이 아닐 수도 있단다."

"그럴 가능성은 희박해요. 그간의 정황만 봐도 답이 나오잖아요?"

"나는 잘 모르겠구나."

흑발의 미녀, 클라리스가 쓴웃음을 지었다.

"아직도 제게 화가 나 계시는군요."

"그날 이후로 그자의 발길이 뚝 끊겼어. 장차 톱클래스

VIP가 될지도 모르는 고객의 방문이 말이야."

"죄송해요."

그녀의 사과에 작센은 한숨을 쉬었다.

"어쩔 수 없는 일이지. 네 아버지에게 빚을 졌던 것도 너를 돕기로 결정한 것도 다름 아닌 나이니."

"고마워요, 아저씨."

"감사는 됐다. 이번 일로 빚을 청산한 셈이니. 미안하지만 네 부탁을 들어주는 것도 이걸로 마지막이야."

"지금까지 도와주신 것만으로도 충분해요."

"한데 그 남자가…… 너희가 생각하는 그가 맞긴 한 것이냐?"

"20대 중반의 동양인, 중키에 균형 잡힌 체구, 날카로운 인상. 파일 안에 들어 있던 스캐빈저의 정보와 일치해요."

"또다시 시타델 지방 정부의 데이터베이스를 해킹한 것이냐?"

"네, 이번엔 아무 흔적도 남기지 않았어요."

클라리스가 확신했지만 작센은 걱정스러운 표정이었다. 마지막 해킹 시도 이후에 그녀의 주변에 무슨 일이 생겼는지 똑똑히 기억하고 있었기 때문이다.

클라리스는 그녀 나름대로 초조함을 감추지 못했다.

"메모 내용이 너무 추상적이었던 걸까요? 그게 아니면 우리를 믿지 못해서?"

"둘 다일 수도 있지. 무엇보다 그가 너희 편이 되어주리란 보장은 어디에도 없다."

"시타델 정부를 무너뜨리고자 한다는 점에서 우린 같은 편이에요."

"그의 생각을 직접 들어본 적도 없지 않더냐?"

"그렇긴 하지만……."

클라리스는 남은 우유를 단숨에 들이켰다.

"시타델의 수뇌부가 그를 노리고 있어요. 보아하니 매카시가 파견된 모양이에요."

잔을 닦던 작센의 손길이 순간 멈칫했다. 미세한 경직이었지만 클라리스는 이를 놓치지 않았다.

"위험 요소가 아닌데도 그 미친개가 나섰을 리는 없어요. 아저씨도 아시잖아요?"

"……."

"적의 적이 언제나 친구라는 법은 없지만 가능성은 늘 열려 있어요. 시타델이 노린다는 건 그만한 이유가 있기 때문이 아닐까요?"

"……."

"어쩌면 그가 우리 레지스탕스와 손을 잡을 수 있을지도 몰라요. 시타델을 적대하는 입장이라면 손을 잡아 나쁠 건 없지 않겠어요?"

작센은 대답하지 않았다.

잠시 기다리던 클라리스는 빈 잔을 탁자 위에 두고서 일어섰다.

"그가 찾아오거든 연락 주세요. 그 이상 아저씨의 일을 방해하진 않을게요."

"음."

"그리고 넥타이 비뚤어졌어요."

"응?"

클라리스는 직접 작센의 넥타이를 만져 주었다.

"가 볼게요."

"으음."

그녀가 사라지고 30분쯤 뒤, 또 다른 손님이 찾아왔다.

이번에도 초대받지 않은 손님. 그러나 클라리스와는 달리 작센이 전혀 예상치 못한 인물이었다.

"오랜만이군."

불청객이 말했다.

작센은 새어 나오려는 침음을 애써 참았다.

"매카시."

─지금 나와 농담하자는 건가?

케르베로스 길드의 총괄자, 길드 마스터 세베루스는 얼굴을 구겼다.

─분명 네 처우는 회의를 거쳐 결정한다고 했을 텐데. 그새 까먹은 건가?

"아뇨, 분명히 기억하고 있습니다."

─한데 귀환하지 않고 그곳에 남겠다고?

"……예."

헨리에타의 음성은 차분했다. 약간의 떨림이 있기는 해도 그것이 나약함을 의미하진 않았다.

세베루스는 깍지 낀 손으로 턱을 받쳤다.

─길드를 탈퇴하겠다는 소리로군.

"……."

─아니라고는 하지 않겠지? 명령에 불복종이 의미하는 바는 너도 잘 알 터.

"가능하다면 선처해 주셨으면 좋겠지만 그게 힘들다면 어쩔 수 없겠죠."

─지금 본인이 생떼 쓰는 어린애나 다름없다는 건 알고 있나?

"예, 그러니 탈퇴 처분을 내리시더라도 군말 없이 받아들이겠어요."

세베루스의 눈에 미묘한 감정이 스쳤다.

─상당한 사상자를 내긴 했지만 네 지휘 자체는 크게 문제될 부분이 없었다. 다른 누군가가 공격대장 자리를 맡았어도 비슷하게 판단했을 테니까.

"……."

─다소 우왕좌왕한 감이 있지만 첫 공격대장 임무임을 감안하면 크게 책잡을 일도 아니지. 아마 너에 대한 처분은 구두 질책에서 끝날 가능성이 높다.

공대장 직위를 박탈당하거나 하진 않을 것이다.

세베루스의 말뜻은 그러했다.

─한데도 그곳에 남겠다는 건가? 별것 아닌 질책이 두려워서.

"그런 것은 아닙니다. 다만……."

─다만, 뭐지?

"빚을 갚아야 할 상대가 있어요. 어쩌면 그가 위험에 처할지도 모릅니다. 그러니 최소한 경고라도 해줘야 해요."

─빚이라…….

잠시 침묵하던 세베루스가 물었다.

─그 빚의 무게가 공대장의 직위보다도 무겁다는 거군.

"그 어떤 것도 목숨값보다 중할 수는 없으니까요."

―생명의 은인이라는 건가?

"네, 어쩌면……."

잠시 고민하던 헨리에타가 말했다.

"공대원 전원의 은인이기도 하지요."

―…….

뭔가를 눈치챈 듯 세베루스의 낯빛이 달라졌다. 아주 희미한 변화이긴 했으나 헨리에타의 눈썰미로 충분히 감지할 수 있는 정도였다.

―설령 그렇더라도 이해하기 힘들군. 경고쯤이야 말 몇 마디로 해결될 일 아닌가?

"그가 종적을 감춰 버렸어요. 찾아내 얘기라도 나누려면 족히 수일이 소모될 겁니다."

―종적을 감췄다고?

"네."

세베루스는 잠시 생각에 잠겼다. 세인트 로드 제일의 두뇌로 불리는 사내. 그가 무엇을 생각하고 있는지는 헨리에타도 추측할 수 없었다.

―그 사내는 에메랄드 시타델과 꽤 껄끄러운 사이인 모양이군.

"네?"

─되지도 않는 참관인 따위를 끼워 넣을 때부터 이상하다 싶기는 했지. 아마도 그자 때문이었던 것 같군.

"······!"

─시타델 수뇌부가 그자를 노리고 있나 보군. 너는 그에 대해 경고하려는 거고.

헨리에타는 놀란 얼굴로 세베루스를 바라봤다. 단순히 그녀의 생각을 읽어낸 것뿐 아니라 그간의 상황 또한 거의 완벽하게 꿰뚫어 본 것이다.

'무서운 사람.'

헨리에타야 직접 모든 일을 겪었기에 추론을 해낼 수 있었다지만 세베루스는 보고 몇 줄과 그녀에게서 전해 들은 이야기만으로 같은 결론을 도출했다. 보통 직관력으로는 해내기 어려운 일이었다.

─그러고 보니 내게 보고하지 않은 일이 있더군.

"네?"

─엄밀히 말하면 거짓 보고를 했다고 해야겠군. 그린베레 길드에서 도움을 요청한 일이 있었다지?

"아······."

─서류상으로는 거절했다고 보고했지만 실상은 그게 아니더군.

헨리에타는 고개를 끄덕였다. 어차피 잘리게 된 판에 거짓

말을 할 필요는 없었기에.

"네, 그랬어요."

─당시 사냥에 나섰던 길드원이 너와 그렉, 밀리아와 아티샤였다던데.

"그 세 사람은 아무 잘못도 없습니다. 제가 꼬드기는 통에 협력해 줬을 뿐이에요."

─어린애들도 아니고 그 말을 믿으라는 건가?

헨리에타의 얼굴이 딱딱하게 굳었다. 그녀야 퇴출당할 각오를 했으니 상관없었다. 하지만 그 세 사람은 그녀를 도와준 것 외엔 잘못이 없었다.

'만약 나 때문에 탈퇴당하기라도 한다면…….'

그 미안함을 감당할 길이 없을 것이다. 헨리에타는 어떻게든 변명거리와 해결책을 떠올리려 했다. 하지만 머릿속이 새하얗게 탈색된지라 아무 말도 떠오르지 않았다.

그런 그녀를 무심히 응시하던 세베루스가 말했다.

─근신 1개월.

"네?"

─거짓 보고를 올리고 전리품을 횡령한 데 대한 처벌이다. 개인적인 사냥이었다면 모르되, 이는 어디까지나 공식적으로 의뢰받은 일이었으니.

"아……."

-근신 기간 동안의 급료는 없다. 이 처분은 커럽티드 울프 사냥 건과는 별개이며 네 사람 모두에게 동일하게 부여될 것이다.

"길드장님……."

-나머지 세 사람에겐 네가 전달하도록. 귀환 수단 또한 개인적으로 알아보라고 전해라.

헨리에타는 여러 감정이 담긴 얼굴로 세베루스를 바라봤다. 그중에서도 가장 큰 감정은 고마움이었다.

"감사합니다."

고개를 꾸벅 숙이는 헨리에타. 세베루스는 말없이 그녀를 응시할 따름이었다.

-더 할 얘기가 없다면 통신을 끝내도록 하지.

"아, 네."

-네 처우는 차후에 회의를 통해 결정하겠다. 그때까지 공격대장 자리는 에스텔에게 맡기겠다.

"네? 아가씨에게 말인가요?"

-추가 인원이 모집되기 전까지 제3공격대가 임무에 투입될 일은 없을 거다. 족히 한 달은 걸릴 테지. 그동안은 허울뿐인 자리이니 그녀에게 맡겨도 상관은 없다.

"아."

-그럼.

통신은 그대로 끝났다.

헨리에타는 안도감 섞인 한숨을 내쉬었다. 생각한 것 이상으로 일이 잘 풀렸다. 표면상으로는 처벌을 받은 것이지만 실제로는 휴가를 받은 것이나 다름없었던 것이다.

세베루스 입장에선 상당한 배려를 해준 셈. 그녀로서는 그저 감사할 따름이었다.

"이제 남은 일은 그를 찾는 것뿐이구나."

물론 그 전에 해야 할 일이 있긴 했다. 근신 처분을 받았다는 걸 세 사람에게 통보해야 했던 것이다.

"심하게 화내지는…… 않겠지?"

"흠."

적시운은 그늘에 누운 채 하늘을 응시했다. 지난 며칠 동안 비를 쏟아낸 하늘은 사파이어처럼 새파랬다. 요즘 같은 세상에는 거의 보기 힘든 빛깔. 저 멀리 희미하게 보이는 블랙 링(Black Ring)마저도 장관으로 느껴졌다.

하긴 장관이라면 장관이긴 했다. 토성의 고리처럼 지구를 감싸고 있는 그 모습과 규모는 분명 엄청났으니까. 평소에는 우중충한 하늘과 어우러져 절망의 고리처럼 보인다는 게 문제일 뿐.

한가로운 오후였다. 사방이 온통 폐허이긴 했지만 지금의 적시운에겐 위협적이라기보다는 아늑하게 느껴질 지경이었다.

으르르르.

바로 옆에서 들려오는 소리. 이 또한 위협적이라기보다는 차라리 가소로웠다.

적시운은 갖고 있던 뼈다귀를 던졌다. 으르렁거리던 녀석이 쫄래쫄래 달려와서는 온몸으로 뼈다귀를 붙들었다. 사람도 깨물지 못할 입으로 뼈다귀를 질겅거리는 녀석. 커럽티드 울프의 새끼였다.

4

범인은 사건 현장으로 반드시 되돌아온다던가?

아지트를 나선 적시운은 백화점으로 향했다. 지난 사냥에서 미처 건지지 못한 물건이 있을까 싶어서였다. 더불어 방사능이 아직까지도 퍼져 있을 거라는 계산도 있었다. 커럽티드 울프 무리가 전멸했다지만 놈들이 남긴 흔적은 사라지지 않았을 것이기에.

백화점은 텅텅 비어 있었다. 케르베로스 길드는 금세 빠진 모양이고 시타델 측에서도 인원을 따로 투입하진 않은 듯했다. 매카시나 그 외 요원들의 매복까지는 기대하지 않았지만 꽤나 싱거운 결말이었다.

'내가 돌아오리라고 생각하지 못한 건가?'

[등잔 밑이 가장 어두운 법이지. 건질 것 하나 없는 곳에 자네가 나타나리라고는 생각지도 않았을 걸세.]

과연 천마의 말대로였다. 돈이 될 만한 것은 모조리 수거해 간 모양. 커럽티드 울프의 사체조차 남지 않고 싹 쓸어간 뒤였다.

방사능 또한 거의 흩어진 뒤. 미네르바의 가이거 카운터도 유의 레벨을 넘어서는 반응을 보이진 않았다.

결국 적시운은 빈손으로 백화점을 나왔다. 그래도 미련이 남아 주변을 한 바퀴 돌아보기로 했다.

낑낑거리는 동물의 소리를 들은 것은 그 와중. 네 군데의 초소 중 하나였다. 북쪽에 위치한 3층짜리 폐가. 커럽티드 울프의 사체 아래로 몇 마리의 새끼가 놓여 있었다. 대부분은 굶어 죽은 뒤. 겨우 한 마리만이 힘겹게 어미의 젖을 빨아대고 있었다.

[그놈 참 힘도 좋군.]

'그럼 뭐해. 어차피 일반 레벨일 텐데.'

[흠, 꼭 그렇다고 단정 지을 수는 없지 않나?]

천마의 지적은 정확했다. 마수 레벨은 후천적으로 주어지는 것이지 타고나는 것은 아니었기 때문이다. 엘리트 레벨 마수의 새끼라 하여 엘리트 레벨로 태어나진 않는다. 어떤 마수가 되었든 태어날 때는 일반 레벨이라는 게 학계의 정설이었다.

'예외가 있다면 천마 정도일까.'

[음?]

'당신 말고 마수들의 지배자 말이야.'

아포칼립틱 데몬 로드. 다른 이름으로는 천마. 인류 최대의 적이라 불리는 마수였다.

최초의 등장 이후로는 눈에 띄는 활동을 벌이지 않고 있다는 게 특이점. 그러나 천마가 다시 움직이는 순간 인류의 존망이 갈리게 되리라는 것만큼은 분명했다.

[그나저나 이 녀석은 어쩔 텐가?]

'글쎄……'

적시운은 커럽티드 울프 새끼를 내려다봤다. 그냥 보아선 평범한 늑대 새끼와 다를 것이 없었다. 일단은 가이거 카운터로 검사해 보았다. 방사선이 미량 검출되었지만 자기 부모에게서 묻은 것에 지나지 않았다.

왜 그런가 싶어 미네르바로 검색했다.

[커럽티드 울프는 다이어 울프(Dire wolf)가 후천적인 영향을 받아 변이된 개체입니다.]

"후천적이라면…… 원래는 방사능에 절어 있지 않다는 거야?"

[대량의 방사능에 노출되지 않는 한 변이는 일어나지 않습니다.]

한마디로 지금으로선 그저 몸집 큰 늑대에 지나지 않는다는 것. 방사능 면역 수련에는 써먹지 못할 듯했다.

'애초에 눈도 제대로 못 뜬 새끼를 가지고 무엇을 하겠느냐만.'

그렇다면 그냥 외면하고 가야 할 것이다. 한데 발걸음이 쉬이 떨어지지 않았다.

"……애완용으로 기르고자 하는 놈팡이가 있을지도 모르지."

적시운은 일단 녀석을 거두기로 했다.

"나도 많이 물러졌단 말이야."

[좋은 쪽으로 생각하게나. 예전에 비해 여유가 생긴 거라고 말일세.]

천마의 말에 적시운은 미간을 찡그렸다.

"딱히 여유가 넘친다고 느껴본 적은 없는데."

[여유란 본디 무의식중에 나오는 법이지.]

"내가 최근에 여유를 부렸었어?"

[그렇다네. 약간이긴 하지만 말이야. 예컨대 예전의 자네였다면 아지트를 나섰을 때 백화점으로 직행하지 않았을걸세.]

"……."

[필시 조건부터 이것저것 따져 봤을 것이야. 적들의 행보가 불명확한 만큼 움직임 또한 위축되었을 테고.]

부정하기는 어려운 얘기. 멀리 갈 것도 없이 오소독스에서 토마호크 클랜을 상대할 때만 해도 그러했다.

"여유를 부리게 되면 허점도 많아지는데."

[그 허점조차 가려 버리는 것이 힘이지. 자네가 강해지면 다 해결되는 일일세.]

"그렇게 말처럼 쉬운 일이 아니라고."

한숨을 쉬며 대답하는 적시운. 그러나 스스로의 생각으로도 자신이 나날이 강해지고 있다는 것쯤은 자각하고 있었다. 그 사실이 기쁘면 기뻤지 꺼려질 것은 없었다. 다만 그 힘에 도취되어 자제심을 잃게 되진 않을까 걱정될 따름이었다.

"당신네한테도 낯선 일은 아닐 거 아냐? 주화입마라든가 하는 것도 있고."

[흠, 모르겠군. 본좌는 주화입마 따위를 경험해 본 적이 없어서 말이지.]

"……물론 그러시겠지."

새끼 다이어 울프는 예상보다도 생존력이 뛰어났다. 모유를 떼지 못했을 것 같은데도 적시운이 건네주는 건육을 잘만 받아먹었다. 물론 이빨이 아직은 약해 적시운이 먼저 씹어서 부드럽게 만들어줘야 했다. 그래도 그럭저럭 소화하긴 하는 듯 빠르게 건강을 회복해 갔다.

[좋은 일이군.]

'뭐가?'

[괜찮은 수하를 손에 넣었잖나.]

'부하라고? 이 녀석이?'

적시운은 시선을 내렸다. 배를 드러내고 누워 있던 새끼 다이어 울프가 귀를 쫑긋 세웠다. 뭐 먹을 것 없나 하는 얼굴. 1시간 전에 비둘기 한 마리를 먹어치운 주제에 아직도 배가 고픈 모양이었다.

'위장에 뭐가 든 건지.'

[잘 먹는다는 건 좋은 징조지. 최소한 골병들어 골골거리지는

않을 거라는 뜻 아니겠나.]

'잘 자라봤자 마수밖에 더 되겠냐고.'

[흠, 방사능에 오염되지만 않는다면 괜찮은 사냥견이 될 것 같
네만.]

'……'

적시운이 먹을 것을 주지 않자 새끼 다이어 울프가 심통이
난 듯 그르렁거렸다. 실로 가소롭기 짝이 없는 모습이었다.

'망할 놈의 똥개. 충성심 따위는 엿 바꿔 먹었나.'

[갓 걸음마를 뗀 새끼에게 뭘 바라겠나. 충성심은 저절로 생기
는 게 아닐세.]

'알아. 유대감을 만들어야 한다는 거잖아.'

[그렇지. 그리고 가장 끈끈한 유대는 든든한 배에서 나오는 법
이라네.]

적시운은 전투식량에 포함되어 있던 소시지 조각을 떼어
던져 줬다. 새끼 다이어 울프는 소시지 조각을 게걸스럽게
먹고는 다시 벌러덩 드러누웠다. 태평하기 짝이 없는 모습에
절로 헛웃음이 나왔다.

"늑대 새끼가 아니라 돼지를 주웠네."

"……?"

적시운의 목소리에 녀석이 반응했다. 귀를 쫑긋 세우고는
의아한 얼굴로 바라보는 것이 제법 똘똘해 보였다.

'생긴 것만 그런 건지도 모르겠지만.'

외형을 보자면 늑대 그 자체. 그나마 비슷한 견종을 꼽자면 시베리안 허스키나 알라스칸 말라뮤트를 들 수 있을 것이다.

아직은 주먹보다 약간 큰 정도였지만 먹는 것을 보면 금방 쑥쑥 자라날 것이 분명했다.

사실 적시운에게 있어 사냥견의 존재는 그다지 필요치 않았다. 성체가 된다고 해도 기껏해야 B랭크의 마수. 엘리트 레벨이 된다면 모를까 큰 도움이 되진 않을 터였다.

'그래도…….'

천마의 말마따나 유대감을 쌓을 수는 있을 것이다. 지금의 적시운에게 결여되어 있는 그것을.

"심심풀이쯤은 될 수 있겠지."

"……?"

여전히 이해하지 못하겠다는 얼굴로 고개를 갸웃거리는 새끼 다이어 울프. 적시운은 녀석을 들어 올렸다.

"지금이야 새끼니까 봐주지만 다 커서도 밥값 못하면 잡아먹어 버릴 테다."

"……?"

"그러니까…… 네 이름은 비상식량이다."

[창의력 떨어지는 작명이로군.]

"시끄러워."

천마에게 쏘아붙이는 적시운. 남이 본다면 미친놈처럼 혼잣말을 하고 있다고 느낄 법한 광경이었다.

물론 늑대에 불과한 비상식량이 그런 생각을 할 리는 없었다. 그저 멍청한 얼굴로 고개를 갸웃거릴 뿐.

방사능 면역 수련은 생각보다 지지부진했다. 이따금 마주치는 마수는 대부분 피라미. 수련할 만큼의 방사능을 방출하는 놈은 없었다.

오히려 인간과 더 자주 조우했다. 하기야 이곳이 본디 인간 거주 구역임을 감안한다면 당연한 일이었지만.

만나는 인간의 대부분은 넝마주이였다. 폐허에서 돈 될 만한 것을 주워서 팔아치우는 하층민들. 대부분은 변변한 총기조차 소지하지 않은 떨거지였지만 자고로 무식한 놈이 용감한 법이었다.

"형씨, 가진 것 좀 있으신가?"

대체로 그런 소리를 지껄이며 다가오는 패턴이었다. 좀 더 머리를 굴린 경우엔 2인 1조로 한 놈이 주의를 끌고 다른 놈이 뒤에서 덮치는 수준이었다.

적시운으로서는 코웃음도 안 나올 일.

무공을 쓸 것까지도 없이 염동력으로 숨통을 조여 버렸다. 1분가량 그러고 나면 지옥과 천당을 오간 얼굴로 바닥에 넙죽 엎드리고는 했다.

"사, 살려주십시오!"

"저희가 귀하신 분을 몰라봤습니다!"

놈들의 목숨을 살려주는 대신 적시운은 근방의 정보를 캐냈다. 근방을 배회하는 마수들, 하층민 구역 내의 세력들, 그 외에도 자잘한 것들. 이 또한 쏠쏠하지는 않았다. 애초에 귀한 정보를 알고 있는 인간이 넝마주이 따위를 하고 있을 리도 없었지만.

그렇게 구역을 돌아다닌 지 열흘. 배낭에 넣어 가지고 온 식량이 바닥났다.

'원래대로면 보름은 버틸 수 있었을 양인데.'

먹는 입이 늘었다 보니 소모도 빨랐다. 중간에 비둘기나 대형 쥐를 사냥했는데도 소용이 없었다.

"이게 다 네 녀석 때문이란 말이다."

적시운은 비상식량의 엉덩이를 발끝으로 가볍게 건드렸다. 졸지에 걷어차인 녀석이 미약하게 그르렁거렸다.

'이 녀석, 정말 날 주인으로 생각하긴 하는지 모르겠네.'

[뭐, 그래도 걸어가면 잘 따라오지 않는가?]

'제때마다 먹을 것 나눠 주는 호구를 따라다니는 느낌이라 문제지.'

[으음, 멍청한 **견공**이 뭘 알겠는가?]

'언제는 유대가 어쩌고 충성심이 어쩌고 떠들더니.'

[…….]

적시운은 일단 아지트로 귀환하기로 했다. 비상식량은 옷 앞섶에 넣었다. 사람 많은 일반 구역에서 아무 데나 쏘다니게 두었다가 미아가 될지도 몰랐기 때문이다.

새끼라고는 해도 마수를 데리고 돌아온 것인데 다행히 별 문제는 발생하지 않았다. 하긴 그럴 만도 했다. 외관상으로는 그저 조금 큰 강아지로밖에 안 보였으니까.

사실 마수를 애완동물 삼아 데리고 다니는 사람들도 있기는 했다. 돈 많고 **빽** 든든한 이들에 한해서긴 했지만. 대개는 견종이나 묘종을 기반으로 한 소형 마수였다. 검색해 보니 다이어 울프 또한 상당한 인기 종이었다.

"네 녀석, 정말로 비싼 값에 팔릴지도 모르겠다."

킁킁.

적시운의 말에 비상식량은 코만 킁킁거렸다. 거리 곳곳에서 흘러드는 냄새가 꽤나 자극적인 모양이었다.

자꾸 빠져나가려는 녀석을 꼭 붙들고서 적시운은 아지트로 귀환했다.

열흘 만에 돌아온 아지트는 떠날 때와 변함이 없었다. 먼지가 얇게 쌓였다는 게 시간의 흐름을 증명할 뿐.

적시운은 비상식량을 내려놓고 소파에 앉았다. 자연스레 탁자 위의 카탈로그로 눈이 갔다.

'그러고 보니 검을 주문하지 않았군.'

[그녀의 제안에도 대답하지 않았고 말이지.]

'그녀?'

[왜 있지 않나. 자네에게 쪽지를 건넨 처자.]

'아.'

작센의 가게에서 만난 여자. 검은 머리칼과 냉철한 외모의 미녀. 가시를 가진 꽃과 같은 느낌이었다.

to be continued

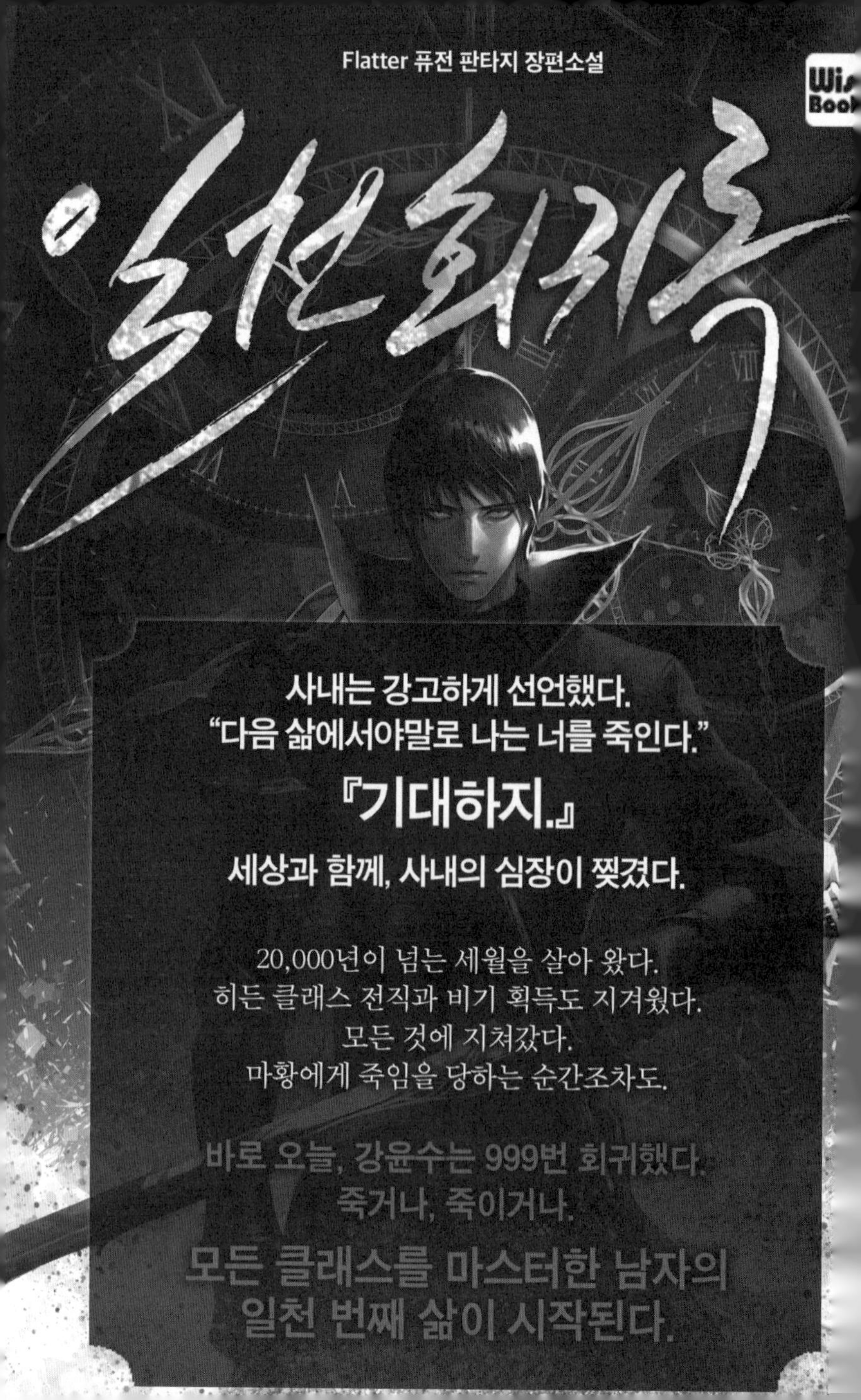
Flatter 퓨전 판타지 장편소설
일천회귀록
사내는 강고하게 선언했다.
“다음 삶에서야말로 나는 너를 죽인다.”
『기대하지.』
세상과 함께, 사내의 심장이 찢겼다.
20,000년이 넘는 세월을 살아 왔다.
히든 클래스 전직과 비기 획득도 지겨웠다.
모든 것에 지쳐갔다.
마황에게 죽임을 당하는 순간조차도.
바로 오늘, 강윤수는 999번 회귀했다.
죽거나, 죽이거나.
모든 클래스를 마스터한 남자의
일천 번째 삶이 시작된다.

8클래스 마법사의 회귀

인류 최초의 8클래스 마법사 이안 페이지.
배신 끝에 30년 전으로 돌아오다.

설령 세상이 무너지는 한이 있더라도.
상상을 초월한 적이 눈앞에 나타나더라도.
지키고픈 이들을 반드시 지켜낼 수 있는 힘.

'그 힘이 적당할 필요는 없어.'

소중한 이들을 지키기 위한,
8클래스 이안 페이지의 일대기!

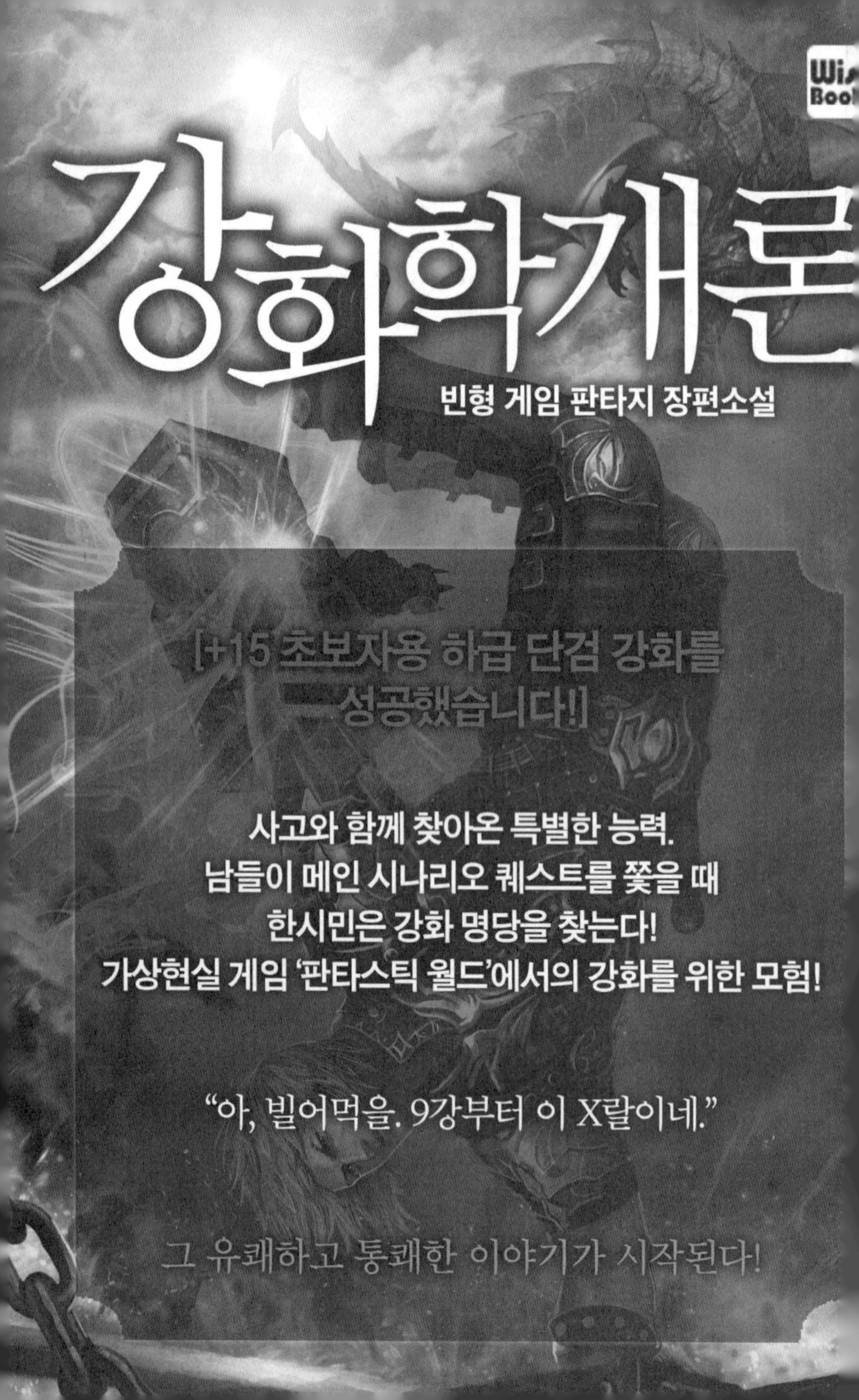
강화학개론
빈형 게임 판타지 장편소설
[+15 초보자용 하급 단검 강화를
성공했습니다!]
사고와 함께 찾아온 특별한 능력.
남들이 메인 시나리오 퀘스트를 쫓을 때
한시민은 강화 명당을 찾는다!
가상현실 게임 '판타스틱 월드'에서의 강화를 위한 모험!
"아, 빌어먹을. 9강부터 이 X랄이네."
그 유쾌하고 통쾌한 이야기가 시작된다!